JN089660

暗い林を抜けて

黒川 創

新潮社

目次

装画　ヤドランカ・ストヤコヴィッチ
(Jadranka Stojaković)

装幀　新潮社装幀室

北沢猛に

暗い林を抜けて

第Ⅰ章　蜜の静かに流れる場所

1

　祖母が奈良の実家で倒れたのは、一九八七年の春先だった。脳出血とのことだった。わたしは、京都の大学で四年生に進もうとしているところだった。

　父から、これを知らせる電話があった。知らせを受けても、さらに数日、京都の学生アパートでぐずぐずした。「脳出血」というのが、どういう症状なのか、理解できないままだった。母は、数年前に乳がんで死んでいた。

　奈良市のはずれの病院に祖母を見舞ったのは、父から知らせを受けて一週間ほど過ぎてからのことだったろう。暗く、がらんとした病室の中央で、たくさんのチューブや計器類につながれて、祖母は寝台に横たわっていた。壁ぎわのパイプ椅子に腰かけて、父ひとりが付き添っていた。膝

に置いた本から顔を上げ、度の強いメガネごしに、

「ああ、来たのか」

と言った。

「――この通り、植物状態や」

祖母は寝台の上から、じっと無言で、わたしのほうに視線を向けている。その手を握ると、驚くほどの強さで握り返してきた。

「おばあちゃん」

と声をかけると、まなざしをこちらに向けたまま、瞳を潤ませた。

わたしは、父に向かって、

「おばあちゃん、ちゃんと、わかったはるやん。手かて、握り返さはる」

と言った。

それでも、父は素っ気ない口調のまま、

「そうやない。握り返すんは、物理的な反射なんやて。お医者が、そう言うとった。初めて見舞う人は、まだ当人に意識があるんやないかて、つい驚かされるんやけど、そうやないらしい。ずっと、こないして毎日付き添うとったら、やっぱりこれは単なる反射なんやて、わかってくる」

と受け流す。

そういうものなのか、と思って、このときは引き下がるしかなかった。家では、祖父も、もう無理のきかない体だった。だから、父だけが、祖母のもとに通っていた。これ以上、こちらが勝

手なことを言いつのっては、父を責めることになってしまう。そうなるのも、いやだった。

京都のアパートに戻っても、病院での祖母の姿が目のなかに浮かび、薄れない。なのに、またすぐ病院を訪ねる気にもなれなかった。

大学の新聞学科の同じゼミに、有馬君という男の子がいた。きゃしゃな体つきだが、物思いに夢中になると、こちらから話しかけても、返事もできないようなところがあった。仲間のなかでは、好みの男子だった。恋人と呼べるほどのものではなかったが、コンパの帰り道などの成り行きで、二度、三度、わたしのアパートの部屋に泊まっていった。

祖母を見舞って、しばらくあとにも、そうしたことがあった。

「……どう思う？」

ふとんのなかから、暗いナツメ球の光を見上げて、祖母の様子を話し、彼にも訊いてみた。すぐには有馬君は返事をせず、じっと沈黙が続いた。

眠ってしまったのかな、と思い、あきらめて目を閉じた。すると、静かな声で彼は言った。

「少し似たような思い出が、ぼくにもある。忘れかけていたけど。そのことを考えていた」

またしばらく黙ってから、続けた。

「――叔母がいた。母の妹だ。若く、きれいな、でも無口な人だった。ぼくのことをかわいがってくれていた。まだ小学生のときだったと思うけど、その人が倒れた。母に連れられて病院に行くと、もう、口もきけない。じっと、黒目がちな瞳で、懐かしそうな、というか、悲しそうな、というか、そういう表情で、こちらを見つめているだけだった。

ひとり者だったんだ。だけど、ずっとあとになって考えてみると、結婚したことがあったのかもしれない。叔母が死んでしまってからも、それについて母に確かめてみたことはない。

何年も経ってから、狩猟の映画を観た。モンゴルのほうのものではなかったかな。狩猟民族だから、鉄砲でシカやなんか動物を撃つ。

すごいな、と思ったけど、望遠のキャメラで、撃たれて次々に倒れていくシカたちの様子をとらえている。シカたちは、撃たれて、もう自分が走れなくなっていることに驚いているんだ。そういう目をして、そして、倒れる。最後のときまで、撃たれた、というのが、どういうことなのか、彼らには理解できていない。だから、無理にも、走ろうとする。でも、足なんかを撃ち砕かれていたりして、それはもうできないんだ。そのことに驚きながら、だけど、自分に起きていることは理解できないまま、死んでいく。

この映画を観たとき、叔母のことを思いだした。叔母もシカも、同じような目をしていた。自分に起こっていることを受け入れられない。その気持ちは、言葉がないところでは、表情になって、目に現われるんだろう。

君のおばあさんも、きっと、そうじゃないかな」

わたしは答えた。

「……そうなのかも」

「うん。もし、また病院に行くなら、手を握って、話しかけてあげるのが、いいんじゃないだろうか。

残念だけど、おばあさんがそれを理解できているのかどうかを、ぼくたちが知ることは、もうないだろう。でも、もし、なんらかの意識がおばあさんにあるなら、これは伝わる。それは確かなことだろう。ただ、そのとき、おばあさんの心に起こっていることを、ぼくたちは確かめようがないというだけで」

うん、そうする——とは、このとき、わたしは答えられなかった。なぜだったんだろうかと、いまも思いだして、考えることがある。

それからも、わたしは祖母の病院に出向いていかずに、やがて、彼女は死んでいく。

あのころ、わたしたちは、とても若かったから、ただ、そんな話だけをして終わった。

それから一〇年余りを経て、ようやくわたしは、「植物状態」というものの定義について、医学的には——意思の疎通や自力での移動・食事・排泄ができず、目で追っても認識はしておらず、声は出しても意味のある発語ができない状態が、三カ月以上続くこと——とされているのを知る。つまり、自発呼吸はあるものの、それ以外の生命維持活動については、家族・医療者などの手厚い保護のもとでしか維持していけない状態である。

加えて、祖母が倒れた一九八七年には、ＣＴやｆＭＲＩ、脳磁計、近赤外線を利用した脳血流の測定といった、脳のどの部分に、どの程度のダメージがもたらされているかを細かに解析する手だてが、地方都市の病院などにはなかったということも知る。

それを思うと、祖母が脳出血で倒れた当時は、医療者の側にも、「意思の疎通」を欠いてしまった患者の「内面」に想像を向けてみるという感覚自体が、まだ実際には、希薄だったのではないだろうか。そのぶん「植物状態」というものへの医療者のとらえ方も、いまより、ずっと広く漠然としたものだったろうと、思うようになった。

ともあれ、そんなことを考えたりするようになったのは、三〇代なかばで、思わぬ必要が生じて、言語聴覚士の国家資格を取るための専門学校に通いはじめてからのことだった。

大学を卒業すると、有馬君とわたしは、離ればなれの道をたどった。

有馬君は、東京の通信社に記者として就職し、研修期間を経て、最初の勤務地、たしか金沢支局へと配属されていった。それからのことはわからない。ただ、何年かのち、彼が、学生時代のわたしたちのゼミにいた女の子と結婚したらしいと、風の便りに聞いたくらいのことだった。

一方、わたし自身は、大学卒業後も京都に残り、地元新聞社に採用された。ただし、記者にはならずに、配属先は単行本の出版局だった。のちに、そこでの同僚と結婚して、三〇歳になる年に娘を出産。だが、それからほどなく離婚した。

離婚にさいして、この新聞社も退職し、娘を連れて奈良の生家に戻ることにした。わたしが大学を卒業した翌年に祖父が死に、その五年後に父も死んだ。だから、奈良市の実家は無人になって、庭の木枝や雑草も伸び放題の状態だった。退職金はわずかだった。それでも、当面は暮らしていける額の預金を父は遺していた。母、祖母、祖父、父が、その家で順々に死んでいくなかで、彼らが使った所持品が置き去りにされ、空間のほとんどを占めていた。灼けてささくれた畳、朽ちかけた箪笥、埃のつもる廊下と階段、押入れ、台所……。一つひとつ、これらを片付けて整理し、修理なども施しながら、娘と二人での暮らしの基盤を自分なりに整えたいと考えた。

京都の新聞社の出版局勤務の終わり近くに、『京都の就職読本』という実用書の編集を担当した。そこでの記事の一つとして、京都市内の総合病院の理事長に、今後の病院経営の展開のありかたや、雇用見通しについて、話を聞いたことがある。彼は五〇代の二代目経営者で、自身が脳外科医でもあった。

これから日本は超高齢社会に移る。病院にとっても、それは大きな転換を意味している、と彼は話した。

「今後はサービス産業としての側面が大きくなっていくことは間違いありません」

率直な口ぶりだった。

「――たとえば来年から(一九九九年を指していた)、言語聴覚士というリハビリのセラピストが、国家資格になります。言語聴覚士法が制定されたことで、年一回の国家試験が始まるわけです。

高齢の患者を想定してのリハビリ病院や老人施設は、これからますます増えねばなりません。そうした施設には、それだけ言語聴覚士も必要になるでしょう。つまり、医師だけでなく、こういった専門職の医療従事者の人材養成が急務となる。ですが、これには相応の時間もかかります。大学既卒者でも、この資格には、さらに二年間、専門学校での受講が必要ですから。それだけの社会的な投資に見合う広義の医療制度に、育てていかねばなりません。簡単ではない。利用者には、高齢者のほか、障害をもつ子どもなども含まれます。そうした利用者との長期にわたる人間関係を培いながらの仕事になりますから、若さより、ある程度の社会経験を積んだ人材が求められるようになると思います。当面、人材難が続くでしょう」

言語聴覚士って、どういう仕事内容の職業なのですか？

だんだん、具体的な仕事の内容にも興味を覚えて、わたしは尋ねた。

「――言葉と聴覚、それから、嚥下障害の回復などにもあたるセラピストです。たとえば、脳出血や脳梗塞で言語に関する能力を損なわれた人に対して、そのリハビリにあたる。あるいは、食道がんや舌がんなどの手術で発声や嚥下の障害が残る人に対しても、出番となる。子どもだって、聴覚や言語能力の障害は、いろんな状況でありえます。だから、そちらのスペシャリストも必要です」

あとで調べると、奈良市内でも、言語聴覚士の国家資格取得に向けての専門学校の学科が、すでに開設準備段階にあることがわかった。

離婚して、新聞社勤務も辞めて奈良の実家に戻ってくると、ふたたび、このときの話が思い返された。当面は、まず娘を保育所に預けて、日中のパート仕事でも見つけ、一年くらい費やす覚悟で、この古い家の片付けや相続をめぐる雑事に、一人っ子だったわたしが掛かりきるしかない。そのあと、父が遺した預金の残余をすべて投じる腹をくくれば、資格取得に要する二年間はなんとか学校に通いつづけられるのではないかと考えた。カリキュラムを見ると、初年次は月曜日から土曜日、朝から夕方まで、講義がぎっしり詰まっている。二年次になると、そこに臨床実習も加わる。定期試験や、日々の子育てを考えると、パート仕事を入れる余地などなさそうだった。じっと病院の寝台でこっちを見つめていた祖母の姿が、また目に浮かぶようになっていた。資格を取れば、娘が成人するまで、おそらく、あぶれずに仕事を続けることができるだろう。そのためには、娘の小学校入学に先だつ時期のあいだに、国家資格取得を済ませておきたいと考えた。

——その学校には二〇〇〇年に入学し、二年後の春に卒業するのと同時に、無事、国家試験にも合格することができた。ちょうど、娘ユリが小学校に入学するのと同じ春のことだった。

そのときから、十数年が過ぎる歳月、わたしは言語聴覚士としての仕事を続けてきている。

2

老人は、庭に面する部屋の日だまりで、低い椅子に腰を下ろして、待っている。キャメル色の柔らかな革張りで、居心地の良さそうな幅広の椅子である。白髪はきちんと整え、きょうは、格子柄のシャツに、Vネックのカシミアの春物セーターを着ている。ガラス戸ごしの陽光が左手から射して、その繊維に陰影をつくる。喜多昇一郎という名前の老人で、容貌は潑剌としているが、今年九五歳。ふっくらした色白の右頰に、薄茶色の大きなシミがある。ひたいにも。背丈は一六〇センチたらずか。立ち上がろうとするときには、かなりの猫背になってしまう。

　言語聴覚士の綾瀬久美は、もうじき五二歳になろうとしている。彼女が、その部屋に入っていくと、老人はすぐに気づいて笑顔が広がる。やあ、というふうに肘掛けから左腕を挙げて、ぱっと手のひらを向ける。声は、

「お、おお……、おおお……」

　と漏れるだけである。響きは明るい。

　訪問リハビリの言語聴覚士という仕事は、あわただしい。セラピーは、一回四〇分間。毎日、午前に二件、午後に三、四件の訪問先をこなす。朝九時、奈良の市街地、新大宮駅近くの訪問看護ステーションに出勤し、看護師やスタッフたちと手短かに打ち合わせを済ませて、きょうも、すぐに業務用の軽自動車に飛び乗った。昼どきに、食事と休憩を兼ねて一度事務所に戻った以外は、こうして利用者宅を回っている。

　喜多さん宅を訪ねてくるのは、火曜と金曜の午後。早い時間帯に奈良市内の利用者宅を中心に回り、天理市のはずれにある喜多さん宅の訪問は、その日の最後に入れることが多い。きょうも、午後の最後、三件目で、壁の掛け時計の針は三時半をさしている。

　奈良市内から国道を南へ走り、天理の市街地を抜ける。宅地と宅地のあいだに田畑が増え、じょじょに景色はのどかなものになる。黒い瓦屋根の民家の庭に、高く棹が立てられ、大きな真鯉、緋鯉、吹き流しが、風に泳いでいる。

天理市南郊の柳本に差しかかると、左に折れる農道がある。ハンドルを切り、畑地のあいだの道を走ると、右手前方に、行燈山古墳の深い緑の大きな墳丘が見える。むかしは、崇神天皇陵と呼んだという。やがて長岳寺のほうに向かって、さらに左折し、緩くカーブする坂道を上がっていく。喜多さんの家は、この道ぞいの右手である。本人は洋画家で、もとは京都の美術大学でも教えていたのだそうで、駐車スペースに車を駐めると、庭の奥のほうにアトリエの小屋が見える。いまは使っていないそうだが、屋根の高い平屋で、木造モルタルの古びた造りである。母屋に向かうコンクリートの階段を四、五段上がって、玄関のチャイムを押す。ひと回りくらいは若く見える妻の良枝さんにドアを開けてもらって、こうして綾瀬久美は居間へと入ってくる。

喜多さんが座る日だまりの椅子の背後に、電動の昇降装置付きベッドが置かれている。反対の壁際には、簡素な普通の木製ベッドがあり、良枝さんが介助を兼ねて、ここで寝起きするのだろう。ゆったりとスペースが取られた、落ちついた板壁の居間なのだが、いまは二台のベッドがかなりの空間を占めている。老人世帯は、二階の寝室まで階段を上り下りするのが難しくなると、階下に世界の中心を移してくる。

「こんにちは、喜多さん。お元気にしたはりましたか？」

綾瀬久美は、朗らかに挨拶を返す。そして、七つ道具（聴診器、ペンライト、鼻息鏡、舌圧子、綿棒、ストップウォッチ……）が収まるバッグを白衣の肩から下ろして、老人と向きあえるよう、木の丸椅子に腰かける。

喜多昇一郎さんは、三年前に、二度目の脳梗塞を起こして自宅の洗面所で倒れ、言語の機能を失った。緊急の入院、さらにリハビリ病院への転院を経て、およそ半年後に自宅へ戻ってきた。その後は、訪問リハビリを受けている。

「――では、喜多さん、お口のなかのお手入れから始めましょう」

　声をかけつつ、彼女の手は舌圧子を探してバッグのなかをまさぐる。わずか四〇分しかないセラピーの時間を無駄にできない。相手と同じ高さになるよう、腰を落とし、名前を呼んで、注意をこちらに向けてもらう。正面に近い位置から、できるだけゆっくり、はっきりと、話しかける。喜多さんは、耳に補聴器をつけている。こちらの表情や口もとがよく見えたほうが、言葉は伝わりやすい。なるべく簡潔な言葉づかいで、主語と述語を明瞭に。

「――はい。まず、舌を出して、入れて、とやってくださいね」

　舌の動きを確かめる。唇から前方に、どれくらい舌の先が出るか。舌の先端の出方に、偏りがないか。喜多さんの場合、ほんのわずかに、舌先は右へ偏る。ゆっくりと、首の運動。そのあと、肩回し。さらに、手足の曲げ伸ばしと続けて、老人の体を少しずつほぐしていく。

「お口のなかを触りますよ」と声をかけて、使い捨てのビニール手袋をはめ、頰や唇の内側を伸ばすようにマッサージする。こうやって口腔内の筋肉をほぐしておかないと、発語、発音が難しく、ものも食べにくい。さらには、誤嚥も生じやすい。冷やした綿棒で舌などを刺激し、唾液をうまく飲み込めるか試してもらう。

　喜多さんは、二度目の脳梗塞で、うまく発語できなくなるのとともに、書く能力も失った。一方、耳は遠いなりに、聞こえたことは理解でき、いまでも、本は読んでいる。つまり、外からの情報の受信は可能、自分からの発信は不可能、という状態である。

　こうした「失語症」の症状の出方には、いくつか類型がある。ものの名前がわからなくなる「健忘失語」。流暢な発語ができなくなる「ブローカ失語」。聞いた言葉が理解できない「ウェルニッケ失語」。目の前にあるものの名前はわかっているのに、それを言い違えてしまう「伝導失語」……。どういった症状が現れるのかは、脳卒中（脳梗塞や脳出血）で、脳のどこの部位が損なわれたかで違ってくる。とはいえ、実際には、人それぞれに、たいてい複数の症状が微妙に入り混じった状態で現われる。喜多さんの場合は、主に「ブローカ失語」である。

　居間の壁に、縦三〇センチ、横二〇センチほどの絵が二枚、並べて掛けてある。

　ドンゴロスの麻袋をざくざくと大鋏で断っただけのような素地が、どちらのタブローでも、カンバス代わりに使われている。ともに、雪融けの雪面みたいなものを表現するかのように、白っぽい画材を幾重にもかさねて、粗い麻の素地にペインティングナイフでこすり付けている。二枚はよく似た表現で、左側のもののほうがより白く、右側のもののほうはやや赤茶けているかな、という程度。たまたま、二枚、描いてみました、といった感じなのだ。

「これ、喜多さんがお描きになった作品ですか？」

と、良枝さんに、以前、尋ねたことがある。

「そう。シベリアでのことを思いだして描いたんですって。あっちで抑留されていた人だから」

「戦争のとき、捕虜になって連れていかれたということですか？」

　うまく飲み込めず、訊き返した。

「ええ。満洲で。兵隊さんとして送られて、そこにソ連軍が攻め込んできて、連れていかれちゃったのね」

「長いあいだ？」

「四年間」

「え、長いですね……」

「うん」

半白でショートカットの前髪を指で払い、小柄な良枝さんはうなずいた。そして、その指を絵の表面に近づける。

「——これね、蜜蠟なの。そこに、白っぽい絵具を混ぜ込んでいる。ミツバチが、おなかからこれを分泌して、巣を造っていくんですって」

「ワックスみたいな質感ですね……」

目をそこに近づけた。


言語リハビリに長く携わっても、患者の脳や心のなかで起こっていることについては、理解しきれていないと感じることが、いつも残る。言葉が話せなくても、歌なら歌える、という人もいる。これは、言語活動は左脳が司るのに対して、歌唱能力には右脳が関与しているからだとも言われる。また、強い情動が当人のなかに走って、その一瞬が言葉を引き出すこともある。

たとえば、コンロで沸騰するヤカンに子どもが触れそうになるのを見て、失語症の人が、とっさに「あぶない!」と声を発したりする。そういうことはある。だが、なぜ、こういうことが人間に起こるのか、確かな説明には、なかなか、たどり着けない。

　失語症のリハビリに、絵カードを使うことがある。たとえば、さまざまな楽器の絵が描かれたカードを並べて、「このなかでアコーディオンは、どれですか?」などと質問する。

　あるいは、一枚の絵を示し、「これは何ですか?」と尋ねて、声に出して答えてもらう、というやりかたもある。

　とはいえ、患者のなかには、お遊戯みたいなリハビリが嫌いな人もいるだろう。

だから、こちらも、そうした患者の個性に、柔軟に対処できるようになっていく。マンガが好きな人なら、発語、理解のリハビリにはマンガ本を活用する、というように。

　家庭の洗濯物を実際に干す作業が、リハビリに適することもある。「干す」という動作が、上肢などの身体機能の維持につながる。いっしょに干しながら、言語聴覚士が「これは何ですか?」と尋ねる。患者は、これに対して「タオル」「シャツ」などと名称を答える。なかなか言葉が出てこないときには、言語聴覚士が、語頭音のヒントを出す——「タ、です」。それでも言葉が出ないときには、目標語について説明する——「顔を拭くときに使います」。

　きょうは、天気も良いので、ガラスサッシを開け放ち、庭に向けなおした椅子に座って、木や花について話そう、ということにした。

「喜多さん。そこの踏み石のところに、黄色い花が咲いています。見えますか?　あの花は、何ですか?」

「……」

「タで始まります」

「……タ、タンポポ……」

「あそこの、つるつるした感じの木は、何ですか？」

「……あ、えーっと……、あ、あ、あ……、サ、サルスベリ」

「その横に咲いている、ピンクの花は？」

「……ツツジ、でしょう……」

ぶぶぶぶ……ぶぶぶぶ……ぶぶぶぶ……。

ミツバチが一匹、ちいさな羽音を立てて、目のすぐ前を右から左に横切っていく。

好調なときは、わりにスムーズに言葉が出るのだが、つまずきだすと、言葉がいっこうに出なくなるときもある。

そこで、小型の画帖とサインペンを取りだし、

「喜多さんのお好きな花を絵にしていただけますか？　ほかの季節のものでも、けっこうです」

と、求めてみた。

右側に軽度の片麻痺があるが、それでも、喜多さんは震える右手のほうでペンをとる。下唇を軽く嚙み、しばらく考え、握ったペンをじわじわと動かす。線も震える。それでも、アジサイの花らしい線が、四つ、五つと、重なるように描かれていく。

「あ、アジサイ、ですか？」つい、声に出た。「お上手ですね」

「そ、そりゃあ」やや憤然と、喜多さんは顔を上げる。「絵描きですから」

3

小学校の校庭に、トラックが白線で楕円状に引かれている。より正確に言うなら、トラックは、平行な二本の直走路と、これをつなぐ二つの半円形の曲走路から成る。こうした周回路を四つのレーンに分けながら、白線でゆっくり引いていく。

きょうの運動会で目玉となる競技は、五、六年生の選抜選手による男女別リレーである。息子の太郎が、その競技に出るらしい。ところが、妻の弓子は、急に仕事が入って、行けない、と前夜になって言いだした。有馬章は、じゃあ、おれが行くよ、と答えておいた。土曜日なのだが、午後は後輩記者のデスク業務の代理要員として、勤務先である通信社本社の文化部に詰めることになっている。午前のうち、息子の運動会でリレー競技だけを見て、その足で横須賀線の電車に乗るようにすれば、約束の時間までには十分な余裕があるはずだった。

五年前に思いがけない手術を受けたことから、遅ればせに不摂生を反省し、いまは禁煙と出勤前の散歩を心がけている。きょうも、運動会のあと、丘越えの林の道を駅まで歩くつもりで、筆記用具など仕事に必要なものはすべて春物ジャケットのポケットにねじ込み、手ぶらで家を出てきた。小学校の校庭の保護者席は、思いのほか、混んでいる。おまけに、リレー競技の開始時間が迫っているというのに、太郎の姿をグラウンド上に見つけられない。体操服の男児たちの姿が、どれもこれも、同じように見えてしまう。立ち見の保護者席から、もう一度、つま先立ちでスタートライン付近に目を凝らす。

「あしたの運動会、お父さんが見に行ってやるよ」

と昨夜の就寝前の時間に、わざと恩着せがましく、息子に宣言した。

「だいじょうぶなの？　慣れないこと、無理してない？」

互角の憎まれ口で、息子は切り返した。じっさい、嬉しくもなさそうな顔で、寝ころんだままゲーム機のコントローラーをいじっている。

「なに言ってるんだ。いいとこ見せるんだぞ」

「あいよ」

こちらに目を上げ、にやっと笑って、またゲームのほうに目を戻した。

息子にハッパをかけたのに、まずいな、と焦りがつのる。だが、「位置について」と号令がかかり、子どもらはそれぞれスタートの位置につき、ピストルが鳴らされ、あっけなく競技が始まった。選手たちは、赤、青、黄、白のゼッケンの四チームに分かれて、走っている。

第一走者たちは、トラックをたちまち一周して、待ちうける第二走者にバトンを渡す。ここで互いがもつれて、もたもたしあうが、どうにか第二走者たちはダッシュで駆けだす。息子の太郎は、五年生の男子としては平均的な体格だろう。こうして上級の六年生たちと入り混じっては、いよいよ目につきにくい。第二走者の先頭ランナーが第二曲走路にさしかかり、第三走者たちが、それぞれどのレーンに立つかで、あたふたしはじめる。

気がつくと、太郎が第三走者のなかの一人として走りだしている。赤のゼッケンで、先頭から三番手、両腕をもがくように前後に振って、懸命に走っている。赤のハチマキも頭に巻いている。

「おーっ、がんばれ！」

とっさに大声が出て、有馬は自分で驚く。さらに、腕を振り上げ、声援を送る。

——あんなぎくしゃくした動きで、よく走れるな。転ぶぞ——と、彼は思う。

太郎は、それでも、力走を続ける。右手のバトンが前後に振れる。第一曲走路に入るところで、白のゼッケンの選手を、外のレーンから太郎はかわした。次の直走路でさらに加速し、第二曲走路の手前で青ゼッケンの選手も追い抜き、先頭に出た。

「よっしゃ！」

有馬は、右の拳を突き上げる。

太郎はバトンをアンカーの手に渡す。アンカーもぐいぐいとトラックを一周走って、ついに先頭のままテープを切った。太郎は、肩で大きく息をはずませ、フィールドのなかに立っていた。

息子に声はかけずに、有馬は小学校の校門を出た。

きょうは、午後に本社文化部に詰めるだけで、取材先との約束もないので、靴はウォーキングシューズである。消防署出張所の車庫に、救急車と消防車が一台ずつ駐めてある。その車庫の脇を右に折れると、すぐに土の道に変わって、雑木とササが織りなす疎林のなかへと入っていく。

　小道は、ところどころで岩が露出し、濃緑に湿った苔がむしている。靴が滑らないよう歩速を落として、慎重に歩く。先夜の小雨で、黒土がぬかるむ場所もある。上り坂の傾斜が増す。クヌギ、カシ、ナラなどの新緑が頭上を覆いだし、木漏れ日がそこを縫って降りてくる。

　疎林の傾斜が緩むと、ササの茂みは途切れる。枯れ葉が腐植土を覆って、小道も消してしまう。古い落ち葉をかさかさと踏み、樹々のあいだを抜けていく。リスが木枝を飛びうつる。モグラが地表に出た跡は、黒い土の塚となっている。ヤマバトがつがいで降りてくる。さらに枯れ葉を蹴って、また谷あいへ翔んでいく。

　樹の陰になったところに、木製のベンチがある。ぽつん、ぽつんと、林のなかに、それは置いてある。朽ちて、無人のベンチ。また、女が一人で腰かけているベンチもある。本を読む者。うつむきがちに、思案をめぐらす姿の者。光線の具合か、表情は見えにくい。有馬は、目を合わさずに、それらの影の前を通っていく。

　あなたの大腸に異常があるようだ、と医師から知らされたのは、五年前のことだった。

　おれの大腸？

　これまで、そういうモノを意識したこともなかっただけに、驚いた。

　あれは、水戸支局長として単身赴任中の出来事だった。前年春の東日本大震災で、茨城県下も被害が大きく、記者たちは支局で寝泊まりして給水などを受けながら、取材に奔走する日々が重なった。地震、津波による被災のあと、放射性プルームが県内を通過し、水揚げされたコウナゴや、ホウレンソウなどの露地野菜から高濃度の放射性物質が検出されるという騒ぎが続いた。加えて茨城県では、東海村をはじめ、原子力関連の重要施設が人口稠密な地域に集中している。これをいま追わずして、という問題が、次つぎと支局員一同を急き立てた。

一年が明け、ようやく落ち着きを取りもどしかけたところの定期健診で、念のため病院で内視鏡検査を受けるように勧められた。とくに気にもかけずに病院へ出向いたところ、検査を終えたその場で、「おそらく、がんです」と告げられた。都内のがん診療連携拠点病院を紹介され、精密検査を受けたが、やはり、がんだとのことだった。腫瘍は粘膜下層まで達してはいるが、いまの段階なら早期がんと判定できると言われて、他臓器への遠隔転移がないか、さらに矢継ぎ早の検査が続いた。

——がんが、粘膜下層内でも浅い部分にとどまっているうちは、開腹手術はせずに、腹腔鏡下手術という選択もありうる。ただし、いまのあなたのがん腫瘍の状態は、そこにとどまっているとは判断しきれない。それと、腹腔鏡による手術は、がんの部位、腹部の状態によって、難易度が違ってくる。上行結腸やS状結腸のがんだと、手術のしかたも定式化しており、やりやすい。あなたはさいわい肥満がないので、その点では障害が少ないと言える。腹部内の癒着もない。だが、がんが横行結腸に生じている、という点がやや技術的に難しい。それから、粘膜下層内であるとはいえ、この深さまでがんが達しているのであれば、やはり、周囲のリンパ節まできれいに取り除いておく必要がある。これらを勘案すれば、今回は思いきって開腹手術を選択するのがよいように思われる……。——

手術後二カ月足らずで職場復帰が決まった。先立つ問題は、どんな持ち場に復帰するのかということだった。支局長という激務は、後進の同僚に席を譲るほかないと、自分自身が感じていた。たった数人の支局だが、震災以来、取材対象に深く食い込み、あるべき報道を続けてきたという自負があった。それだけに、働きざかりの後輩に早く引き継ぎを果たさないといけないと考え、術後まもないうちから、これについては思案をめぐらせた。

だが一方、思った以上の弱気に取りつかれている自分も感じる。水戸に着任するときは、息子の小学校入学を控え、単身赴任も負担に思わなかった。ところが、いまは、家族との暮らしを離れがたい。入院中、勤めを終えてから出向いてきてくれる妻の姿を見るたび、安堵とともに、とりとめない不安に陥りつつある自分を予感した。

編集局長の寺田と文化部長の国吉が、連れだって病室まで見舞いに来てくれたときにも、こうした心持ちは気取られていただろう。寺田は自分より三年早い入社で、国吉のほうは一年後輩にあたる。どちらも、二〇代のころから、しばしば気脈を通じる記者仲間だった。特に国吉は、同じ文化部で過ごした期間も長かった。

「とんだことだったな」

長身痩軀の寺田は、形のいい眉をしかめ、声を低く落とした。

「水戸に行ってから、無理が続きましたからね。こっちも、なんにも手伝えなくて」

口髭に手のひらを擦りつけながら、国吉が同情を表した。

二人の話しぶりから、しみじみと思いやりが伝わってきた。同時に、彼らの困惑も、手に取るように感じられた。もし、互いに逆の立場であっても、そうだったに違いない。

人事に関わる立場として、彼らは、今後の有馬の処遇について、当人の意向を確かめたかったはずである。水戸支局長のポストに後任を探ってほしいという意向は、彼らに伝わっていることがうかがえた。むしろ問題は、今後の有馬本人の置きどころであったろう。

「まあ、ひとまずは、本社のどこかで、おとなしくさせてもらえると助かるな」

世間話にまぎらせ、笑い話めかして、有馬は彼らに伝えた。

「――今度ばかりは、往生した。自分の腹が、こんなにざっくり裂かれてしまうなんてね。筋子を取り出されるサケになったみたいな気分だったよ。いまの時期の急な異動は、ずいぶん迷惑かけると思うが、あとのことはお任せするので、どうぞよろしく」

彼らも、いくぶん安堵の色を浮かべて、じゃあお大事に、と言い置き、引き上げていく。

やがて、新しい配属先は東京本社の「編集局調査部」だと内示があった。これまで気にかけたこともない部署名だった。いざ出勤すると、もといた文化部と同じ二四階のフロアで、しかも、そこから、一〇メートルも離れていない。

だが、この新任の部署には、まったく「仕事」と言うべきものがなかった。有馬自身が責任者とされる、その持ち場に朝九時をめざして出勤し、まだがらんとしているフロアで自席に座る。昼になれば、何か軽いものを食いに外に出て、午後はまた夕方五時まで自分の机の前に座っている。業務と言えば、自社が配信してきた記事や画像について、よその出版社などから「利用申請」があれば、当該資料を確認した上で「許諾書」を発行する。配下に一人だけいる学生アルバイトにすべて任せても、それで済むような仕事である。これを夕方まで続けて、文化部のもとの仲間たちがせわしげに立ち働いているのを尻目に、自分だけ退社し、家に帰ってくる。

処遇を決めた連中の心中をおもんぱかれば、このさい、当面は休養が必要だろうという配慮もあってのことだろうと想像できる。さらに遡れば、有馬自身が病室で述べた「意向」も汲んだ上で、ということなのではないか。

半年間ほど、こうした持ち場にがまんを重ねてからのことだった。

「現場に戻してくれよ」

記者たちが出払っている午後、文化部長の国吉の机に詰め寄り、掛けあった。

「――手術は成功したんだ。もう、おれは働けるんだよ。仕事には完全復帰でオーケーだって、主治医も太鼓判をどすんと捺している。うちの産業医だって、それには同意してたじゃないか。だから、迷惑かけない」

「でもね、有馬さん……」国吉は、困り顔で煮え切らない。「大手術だったんだから。家庭生活だって大事にしないと。お子さん、まだ、やっと小学生でしょ？」

「そうだよ」有馬はうなずく。「それが何？」

国吉は腕組みして考え、思い切りをつけたように答える。

「はっきり言うとさ、有馬さんがまたうちのポストに戻ると、若い連中がものを言いにくいんじゃないかってことも、おれは気になるわけ。支局長までやったんだから、普通なら、次は編集委員室あたりだろう。早く、そっちへやらせろ、って言うんならわかるよ。それならそれで、あのとき、おれたちに言っといてくれりゃ、何か考えようもあったと思うんだ。だけど、いまさら現場に戻せってのは、無理に道路を逆走するようなもんじゃないか。あとの世代が後ろにつっかえてるんだから、上の世代として、そこも考えてみてほしい」

「おれはさ、現場で仕事するのが合ってるんだよ」

「そうだろうと思うよ。だけどさ、組織である以上、新陳代謝も必要だから。後輩たちに席を譲ってやんないと」

「頼むよ。おれには、もう、あとがないんだ」

強引に折衝を重ねて、やっと文化部記者に復帰できるまでに、さらに一年余りの月日を要した。すでに二〇一四年、自分自身の年齢も、もう五〇歳目前だった。無理を頼んでの復帰なだけに、文芸、美術、映画、音楽、芸能といった、特定分野の担当ポストの空きはない。だから、遊軍である。つまり、記事の材料は、街を歩くなりして、すべて自前で拾ってこなくてはならない。だが、こうなると、長く現場を離れていた空白期間(ブランク)が、大きく響く。自分みたいなロートル記者に耳寄りな話を持ちかけてくれる相手が、もう、若者中心の東京の街にはいなくなっている。というよりも、もはや現在の「街」と「文化」の関係のありかたが、彼にはわからない。だから、きょうもそうであるように、後輩記者のデスク業務を肩代わりしてやるくらいしか、「文化部」という古巣のチームに自分が貢献できるすべはない。

――疎林のなかの道は、深い谷を右手に見下ろしながら尾根を渡り、丘陵地の頂まで上りきる。冬の晴れた日などは、ここから、富士山がかなり大きく正面に望める。きょうは、気温が上がって霞が立っているようで、見えない。ずっと左手に、相模湾の海がかろうじて覗いている。振り向けば、遠く、木のベンチに女たちが腰かけていたあたりに、ぽつり、ぽつりと、淡い光が射してきている。だが、もう、そちらに意識を向けることなく、街のほうへと急傾斜で下る大谷石の階段を、彼は急ぎ足に降りていく。

三〇年近い記者生活が、またたく間に過ぎたようにも感じる。

自分がことさら熱心な記者だったとは思えない。入社以来、誰もがたどるように地方支局づとめから始まって、サツ回り、高校野球の地方大会、地方選挙、といった具合に、行けと言われる現場に出向いていき、いやおうなく人並みの記事の書き方を覚えていった。やがて本社に戻り、文化部への配属が決まって、これは希望してのことではあったが、花形とも言われる社会部、政治部などとは縁遠い記者生活の枠取りができた。そのあと大阪支社。そして、またしばらく希望して地方を回って、ふたたび東京本社に戻ってきた。

あれは、大阪支社でのことだった。美術記事を担当せよと申し渡され、にわか勉強をしながら、美術館や画廊、画家たちのアトリエを巡った。初めての経験ばかりで、あれはあれで面白かった。演劇も、文芸も、最初に受けもつときには、そこからだった。それぞれの分野で体を張って生きる者たちを前にして、記者というのは、しょせん、通りがかりの野次馬である。だが、野次馬でいることに体を張っても、それが悪いわけではないだろう。

分煙、禁煙が進むなかでも、タバコをくわえて記事原稿を書いてきた。若い記者たちが酒など飲まない時代になっても、記事が書き上がれば酒場で粘ってくどくど議論しながら、つい深酒した。ああいう日々がなければ、がんに取りつかれずに済んだだろうか？　いや、そんな習慣を持ち合わせない世代の連中が、ことさら長生きしそうなわけでもない。

せめて自戒のよすがとなるかと、自分が出稿した記事原稿は、二〇代の終わりごろから、なるべくプリントアウトして手もとに保管しておくよう、心がけてきた。だが、読み返すこともない。捨てきれず手もとに残した、いくばくかの取材ノートとともに、自宅の書斎の棚で埃をかぶっているだけだ。

きょうも、明け方前に目が覚めた。妻はベッドの隣で眠っていた。

寝室から書斎へと立っていき、古い取材ノートを探してみた。埃を払い、何冊かをめくった。仕事上の分担として、とくに興味もないまま出向く取材もある。そういうなかにも、意外な発見を伴うものもあるが、場数を踏むにつれ、およその見当はつくようになってくる。おのずと、たいがいの取材ノートは、ある程度の時間が過ぎれば捨ててしまう（記事内容へのクレームなどが生じた際に点検することができるよう、一定の期間、取材活動に関するメモ類などは残しておくことが奨励されている）。だから、こうして自宅の書棚に残るのは、自分なりに思い入れを持った取材先に関するものに限られているはずである。にもかかわらず、いまになって取材ノートに目を通すと、まったく記憶に残っていないものも多い。むしろ、そのことに驚く。とくに取材相手については、それなりに準備を重ねた上で、足を運んで話を聞いているはずなのに、その人物の名前も、場所も、話の内容も、いまの自分のなかには何も残っていないのだ。何かの間違いで、自分は他人の手によるノートに目を通しているのではないか、という錯覚さえ生じてくる。

だが、ノートをめくるにつれ、だんだん甦ってくることもあった。

――そろそろ、三〇なかばに差しかかろうというころだったろう。大阪支社で美術担当の記者となり、しばらく経ってのことだったのではないか。

当時は、関西地方の美術展といえば、京都でのものが断然多く、連日のように京都通いが続いた。大阪では天下茶屋に一人暮らしのマンションを借りていた。深夜、そこに帰って眠り、朝になって二日酔いのままシャワーを浴び、髭だけ剃ると、また街に飛び出していく日々だった。

そうだった。あのときも、おれは単身赴任者だった。二〇代なかばで結婚した、当時の女房は、大阪への赴任には同行せず、東京での住まいにとどまった。いまから思えば、とうに壊れた関係だったが、自分がそれにはっきり気づいていたかも疑わしい。うぶと身勝手は、ときに見分けのつきにくいものでできている。独善とは、あえてこれを問わずにおくことなのではないか。

京都の美大附属美術館まで、ある画家の展覧会のオープニングに先立つ内覧に出向いたのは、たしか、大学が春休みにあたる期間だったろう。画家自身も、以前には、その大学で油画専攻の教授として教えた時期があるとのことだった。

戦争中の青年時代に、兵隊に取られて満洲へ送られ、ソヴィエト・ロシアとの国境地帯で警備についたという経歴の持ち主だった。日本の敗戦にあたって、ソ連軍の捕虜となり、シベリアに送られた。何年も抑留され、屋外労働などに就かされていた。

そのあいだも、絵具として使えるものを工夫して、絵を描いた。草の葉から色を取り、医薬品のマーキュロクロムで赤を、リバノールで黄色を、ランプの煤に灯油などを混ぜて、黒い色を作りだした。

内覧の展示は、《鳥のように春を唄う》と題され、どこか異様な展覧会だった。

自分がこれまで見たことがないものを見せられている——。そういう不可思議な感覚が、一つずつ、作品を見ていくたびに迫ってきた。

「冬のなかの旅」という作品があった。三メートル四方もあろうかという合板のタブローに、ずたずたに擦り切れた麻袋が、幾重にも垂れ下がるように貼り付けられている。その麻袋が、土埃にまみれた色合いに油絵具で染めてある。

「泥濘」という、さらに大きい同様の作品もある。これなどは、貼り付けた麻袋を油絵具で黒々と染め上げ、まさに黒い泥のぬかるみ道の質感に、肉薄していく。ただ、それだけのもの。

「すべてが沁みこむ大地」と題した小品のタブローも、二点、展示されていた。麻布が合板の上に貼られ、そこに蜜蠟が、春先の雪のように白っぽく、いくらか汚れも帯びている状態のように着色されて、塗布されている。雪融けの水が、淡い陽を受け、しずくとなって、わずかずつ地面に沁みる。

なかばオブジェでもある、こうした絵画は、一見、抽象の表現に映る。だが、目を凝らせば、どれも、むしろ具体性にとことん接近していくことで描かれた作品なのだと気づく。ただの、泥の表面。ただの、薄汚れた融けかけの雪。おそらくは、貨車に詰め込まれて運ばれていく敗残兵の衣服のテクスチャー。

これまで、あえてそんな対象を描こうとした画家がいなかっただけだろう。泥、雪、擦り切れた布、といったものが、具体を通り越し、抽象に入っていく。つまり、この世界の姿そのものが、抽象を素地としている。それを伝えてくるということではないか。

駆け出しの美術記者として、有馬章は、また考えた。

《鳥のように春を唄う》、この展覧会のタイトルって、どういうことか？

シベリア抑留という、戦争に伴う体験。これをモチーフとするなら、普通は、もっと暗い、あるいは、そこでの苦しみを伝えるような題名が選ばれるものではなかったか？　なのに、なぜ、こんな希望に満ちた明るい表題が、ここで選ばれているのだろうか？

一種のアイロニーなのだろうか？

そこらあたりも、わからない。

だから、これは、画家本人をつかまえて、訊いてみるしかないだろう。

有馬は、そう考えた。

――だが、今度、取材ノートを確かめてみるまで、この画家の名前も、また忘れていた――。

そう、喜多昇一郎。

これが、その画家の名前である。

展覧会場を歩きまわって、画家当人の姿を探した。記者は、たとえ予備知識がない相手でも、顔写真だけは頭にたたき込んでいる。幸い、喜多昇一郎画伯は、ロビーのソファに一人きり、ぼんやりと座っていた。

こうした内覧の催しでは、ふつう、画家当人は、高揚した赤い顔をして、報道や美術評論家相手にワイングラスを傾け、普段より一オクターブくらい高そうな声で話しつづけている。だが、この画伯はそうではなく、黒ぶちのメガネに肥満気味のからだをソファになかば横たえ、上半身を左肘だけで支えて、ロビーの天井あたりを放心したように眺めていた。

「喜多先生ですね」

有馬が声をかけると、七〇代なかばを過ぎた老画家は、行儀の悪い小学生が担任教師から注意を受けたときのように、はっとした表情で居住まいを正した。そして、

「あ、さようです」

と言った。

有馬は、自分が抱いた疑問を懸命に話し、「できれば、改めてゆっくり、先生のお話をうかがいたいのですが」と、頼んでみた。

「いいですよ」

と老画家は、こちらが拍子抜けするほど、気安く明るい口調で請け合った。

「――そんなこと訊かれたのは、わたしも初めてです。来週でしたら、奈良の自宅におりますから、おいでください。きょう、ここだと、あなたとお話を始めたら、どうせ、すぐに邪魔が入ってしまいますから」

そういう経緯で、画伯の自宅兼アトリエを訪ねることになった。

取材ノートは、厚めの大学ノートにボールペンの横書きで、ミミズが這うような殴り書きの文字で書かれている。録音は、好きではなかった。必要があるときには録音もしたが（当時はまだカセットテープで、オートリバースの小型デッキを使っていただろう）、なるべくなら、相手の話を聞きながら、その場でメモする取材ノートだけで用を済ませることにしていた。

必要によって録音を残した場合にも、記事を書くにあたって、実際にそれを聞き返すことはあまりない。それよりも、相手の話をメモすることに集中するほうが、あとで記事を書くさいにもスピードが備わって、鋭さが増すように感じていた。

〈それだけ、わたしが若かったということですよ。二〇を過ぎたばかりで、ひとり者だし、気楽なものだった。

家族持ちの兵隊だったら、とてもそんな心地じゃあなかったでしょう。〉

と、喜多さんは話している。

前週のこちらからの質問（なぜ、展覧会のタイトルが、《鳥のように春を唄う》と、明るく前向きな調子のものになるんですか？）に、答えようとしてのことらしい。

また、こんなメモのくだりもある。

〈シベリア――ロシア極東のコムソモリスク――の収容所の群落には、さまざまな人種、職業の人間が入り混じり、実におもしろかった。

ドイツ人、ロシア人、コーカサス人、キルギス人、モンゴル人……。彼らも流刑者に違いない。現実については何も語らなかったが、そこにはある諦観が見え、そして力強さがあった。彼ら

と生活を共にすることが多かったことで、たくさんのことを教えられた。〉

白壁のアトリエの高いガラス窓から、外光が射していた。木の椅子に座って、画伯は話していた。

兵隊に取られたのは、東京の美術学校を繰り上げ卒業した昭和一七年の暮れ。満二〇歳のとき。年が明けて昭和一八年一月、配属されたのは、故郷に近い広島の部隊だった。同年四月になると、部隊では外地勤務の希望が募られたので、申し出た。日本軍にとって、すでに戦況は傾きはじめて、米軍の潜水艦の出没や機雷の設置も頻繁で、外地への渡航の安全もおぼつかなくなっていた。それもあってか、外地勤務の募集に手を挙げたのは、この部隊で彼一人だけだった。ずっと絵を描くことに夢中だったので、兵隊に取られているなら、せっかくなので大陸の風景を見ておきたいと考えたからだった。広島の部隊から、彼一人が離れて、朝鮮の釜山に渡った。各地からの外地希望の兵たちは、ここでまとめて軍用列車に乗せられる。北へ北へと、列車は走る。やがて満洲領内に入っても、さらに北へと送られていった。

――最終的に配置されたのは、虎頭要塞っていう、満洲でも果てのような国境警備の要塞です。ウスリー川をはさんで、対岸のソヴィエト・ロシア領と向き合っている。ええ、沿海州。そこの丘陵地に、巨大な地下要塞が造られていた。

あのあたりはツンドラ地帯だから、夏でも地面のなかは凍っている。枯れ草なども腐らないから、ちゃんと土に戻らない。だから、水はけが悪くて、周囲は見渡すかぎり、ずっと湿地帯なんです。人間なんか住んでなかった土地です。そういうところに何十キロも築堤をずっと築いて、物資を運べるように鉄道を通して、日本軍の要塞を造ったんだね。

ウスリー川は、ですから、大湿原のあいだを抜けていくような川になっています。夏になると、底なし沼だって言われる場所もあった。川幅が六、七百メートルほどあって、対岸のいくらか内陸に入ったところにイマンっていう、ロシアの町ができています。そのころは、ソ連です。ソヴィエト社会主義共和国連邦。ウスリー川は南から北に向かって流れています。それで、三百キロほど北のハバロフスクっていう大きな町から、シベリア鉄道のウスリー線が、この川沿いに走ってきている。これは、さらにずっと南のウラジオストークまで行く。

イマンの側では、ウスリー川に支流が流れ込んでいる。イマン川っていうんだけど、イマンの町のはずれのあたりで、シベリア鉄道のウスリー線が鉄橋で渡ります。いざ戦争ということになったときには、この鉄橋を砲撃で破壊して、ソ連軍の補給路にあたるウスリー線を断ち切るという狙いで、日本軍はウスリー川の対岸に虎頭要塞を造った。そうすると、ソ連側も、日本軍の狙いが判るから、もっと内陸側を迂回するような鉄道の新線を造ったんだね。つまり、イマン川のかなり上流で鉄道が川を渡るように鉄橋も付けなおして、日本軍の砲弾の射程から外した。そうすると、日本軍は、今度は本土から、さらにとてつもなく大きな四一センチ榴弾砲というのをひそかに運んできて、また虎頭要塞に据え付けた。もともとは東京湾を守る富津の要塞にあったそうなんだけれども、あまり大きすぎて使いようがなかったっていう代物です。これさえあれば、イマン川の上流の鉄橋のほうも射程内にとらえて破壊できる、ってことで。まあ、そういうことをやっておったわけです。

もう、いずれソ連軍は攻め込んでくる、ということにはなっていた。ことに昭和二〇年に入ると、それまでヨーロッパのほうで独ソ戦をやっていたナチス・ドイツが降参する。あとはソ連としては、こっちに兵力を集中して来るだけだ。

結局、この年の八月九日、ソ連軍が一斉にウスリー川を船で渡って、満洲側に殺到してきた。あとから思えば、日本はあと六日間で降参、という時期でしょう。だけど、これで虎頭要塞も全滅です。守備隊の日本軍将兵は、もう以前よりずっと減らされて、千四百人ほどだったかな。そこに、現地で商売などしている民間の日本人らも、何百人かいっしょに籠もって。

ただ、わたし自身は、たまたま、後方の牡丹江方面に伝令に出されていた。だから、命拾いしたんです。これは後で知ることになるけど、すでに八月六日には広島に原爆も落とされている。もといた広島の部隊も、そこで全滅してたんです。つまり、わたしは、たまたまの命拾いが、この両方で重なった。おかげで、生きてソ連軍の捕虜になって、シベリアに送られた。コムソモリスクっていうところです。アムール川沿いの、ハバロフスクよりさらに三百キロほど下流だ。だけど、ともかくも、そのとき、もう戦争は終わっているわけだから。

そりゃあ、食糧はないし、ひどいもんでした。とくに最初の冬。労働力として使うために、われわれは連れてかれたわけですから、現地の開墾、開削とか、そういう仕事がある。だから、基本的に、わざと捕虜を殺すことはない。だけど、栄養不足だから、作業中に大怪我でもすりゃあ、体が弱って死んでいきます。狂い死にするのもいたし、首をくくって死んだのもいた。これは、ことさら日本人捕虜を虐待した、ということではなかった。ソ連兵らにも食うものはなかったんです。何千万人という戦死者を出した独ソ戦のあとですからね。このドイツとの戦争と較べりゃ、日本軍とは形ばかりの戦闘で終わって、ソ連兵の側にも、たいした恨みがあるわけではない。ただ彼らにも、われわれを救う手立てがない、ということなんです。

それでも、春になると、地面の雪や凍結も緩む。そのあと、やっと、原野でいっせいに色とりどりな花が咲きはじめます。これは、美しい季節でした。そうするうちに、少しずつだが食糧事情もましになって、飢えによってすぐに死ぬ、ということはなくなった。

だから、あなたの最初の質問について言えば、そういうことがまずあった。つまり、《鳥のように春を唄う》というタイトルは、シベリアで春を迎えたときの、わたしの素直な実感でした。おれは、こうして生きている、と。そんなに頭をひねって考えついたわけじゃあないんです。

――

「……それだけのことなんですがね」と言って、喜多画伯は、いったん言葉を切った。

そして、こちらにも勧めながら、冷めてしまった紅茶を口に運んだ、と取材ノートには書いている。

「いや、やはり、もうひとつあるな」と、彼は言いなおした。「それを言いだすと長くなるな、と思って、あなたにここまでご足労願ったわけなのですが」

口ごもるように言ってから、紅茶のカップをソーサーに置きなおし、彼はまた語りはじめた。

――つまり、わたしは、伝令で虎頭要塞の部隊から離れることになったことで、命を拾いました。そして、日本も八月一五日で降参する。けれども、わたしには、これによって数人の仲間とともに満洲の山野をあちこち敗走しているあいだが、いちばん辛い経験になりました。日本軍は、あそこらで現地の中国人に悪いことをいっぱいしていますから、憎しみを買っている。だから、地獄でした。

今度の展覧会に出した「冬のなかの旅」にせよ、「泥濘」にせよ、あれらはシベリア関連の連作とはしていますけど、実際には中国での経験が入っています。というより、満洲からシベリアに向かう旅のことですから、舞台としては中国です。敗残兵として満洲で貨車に詰め込まれて、シベリアに向かう旅。そこでの泥まみれの道。これを描きたかった。中国での経験があまりに暗かったから、シベリアでの風景が明るく見える。わたしには、この全体が切実です。二つの場所は、切り離せない。あなたにそれを言っておきたかった。

虎頭のあたりは、いまは、もとの大湿地帯に戻っているそうです。もともと、あのあたりは、どこの国のものでもないような土地でしょう。ナナイとか、そういう先住民が漁撈や猟をしながら暮らしていた。そこに、中国人、朝鮮人が開拓やなんかで入って、そのあとにロシア人が来た。黒澤明の「デルス・ウザーラ」っていう映画があったでしょう。あれの舞台になっているのが、あのあたりの土地ですから。

冬のあいだ、ウスリー川は凍結する。そこを中国人や朝鮮人の商人が行き交って、商売します。わたしが兵隊で行っているあいだも、そうでした。凍結した川の両岸の監視哨から、日本兵とソ連兵が、それぞれ、相手側を監視しています。こういう兵士たちの目の下を、彼らは平気な様子で徒歩で渡って、行き来します。川筋のまんなかが、満洲国とソ連の国境ってことになっているけど、彼らには関係ありません。要塞ができたことで、虎頭の側にもちょっとした町ができていた。商店とか、飲み屋、食い物屋、女を置いている店もあった。ことと、対岸にあるソ連側のイマンの町と、両方を行き来しながら商売する。

わたしは、そのころには、兵長になっていました。上等兵になるときには試験も受けてね。冬は、上官の命令を受けると、諜報活動ですね、中国人の商人に混じってウスリー川のソ連側に渡って、向こう岸の様子をうかがってくることが何度かありました。便服、つまり、中国人の商人たちが着ているような普段の服装ですね、その出で立ちで、向こう岸に渡って、さりげなくあたりを見回したりして、また中国人の商人に混じって戻ってくる。わたしは絵を描きますから、見てきた様子を絵に描いて提出すると、喜ばれた。

通常の監視活動の一環で、お互いがそういうことをやっている。監視哨からは、常時、双眼鏡で向こう岸を見ている。そうやって、毎日、どれだけの人数の商人が要塞に出入りするかをチェックするだけでも、どの程度の物資が搬入されているかを割り出せますから、目下どれくらいの兵力が要塞内にあるのか、おおよその計算が立つ。

とはいえ、そのころになると、現地の中国人たちには、もうじき日本が負けるってことはわかっています。だから、まずは彼ら全員が通謀行為をしていることは覚悟しなければならない。わたしが向こう岸に渡るくらいのことは、中国人の商人たちも協力してくれますが、あっちに行ったら行ったで、当然、ソ連側にも情報は流している。

虎頭にも町らしきものができたとは言っても、やはり、軍事要塞相手の商売のために人が集まってきただけの場所ですから、普通の町とは違います。すさんでいる。それと、こっちも軍隊生活で、こまやかなことをいちいち感じなくなっている。たとえば、朝、兵営で目が覚めたら、目の前の泥水から、人の足が突き出ていたりする。死骸でしょう。オオカミが齧った跡があったり、カラスが突っついていたりする。だけど、平気なんです。ほったらかしてある。

要塞を造るときにも、ずいぶん中国人を殺したらしい。満洲国ができたあと、昭和九年あたりから造りはじめて、昭和一三年ごろには要塞の主要部分が出来上がってるんだそうです。もう日中戦争——わたしらは「支那事変」って言ってましたけど——、その最中でしょう。

だから、どうやって、こんなところの工事をやったかというと、ずいぶん中国人の労働者とか捕虜を使ったらしいんです。日本の兵隊以外は、彼らしかないわけだから。そうすると、労働者として満洲国内のあちこちの町などから雇ってきた中国人は、まだしも工事が終わったら帰らせる。彼らは、当時のわれわれの言葉で言えば、「満人」ですよね、満洲国人なわけだから。だけど、中支あたりから捕虜として連れてきたのは要塞建設で働くだけ働かせてから、殺しちゃう。こっちは、敵兵の中国人だから、機密保護のため、ということで。中国での日本軍は、捕虜に対して、そういう扱いで当たり前だ、というところがあった。窪地になったようなところに、「もうすぐ帰らせるから」とか言って集めておいて、そこに機関銃をむちゃくちゃに浴びせかけたりして、殺している。そして、そのまま、土をかぶせて埋めてしまう。さっき言ったように、あっちはツンドラで、穴を掘って埋めることができないから。わたしが行ったところには、もう、そうした工事は終わっていた。でも、ちょっとした低地になっているようなところで、「このあたりは中国人の幽霊が出るから」とか言われ、気味の悪い思いをすることがありました。

町からちょっと外れたところなんかで、中国人の労働者らしい死骸が、死んだんだか、殺されたんだか、そのままになっているのを見かける。穴蔵みたいな場所とか、水のなかですね、そういうところにある死骸は、動物に食い荒らされたりもしないで、ほとんど傷んでいない。寒くて腐りませんからね。「屍蠟（しろう）」と言うらしいんだけど、そういう死骸は脂肪分がそのまま蠟みたいな成分に置き換わっていることがある。ロウバイの花みたいに、半分透けたような黄色味がかった肌になって、ずっと、そこに残っている。

牡丹江方面への伝令に出よ、との命令を受けたのは、昭和二〇年八月二日、あるいは三日あたりだったと思います。われわれの部隊は、この年、二度にわたって編成替えになって、一部だけを虎頭に残して、主力は牡丹江の南、鏡泊湖周辺に展開して、道路開削などにあたるようになっていました。もう、現実には、虎頭で国境警備に残るわれわれのような兵力は、いわば捨て駒として見切りをつけられていた、ということでしょう。ただ、たとえそうであっても、ソ連参戦が迫る現時点で、もとの部隊主力との連携は図っておかねば、ということではなかったかと思います。それがどれほどの意味を持ったかは、わかりません。なにせ、五百キロも離れたところまで伝令に行くわけですから。ソ連軍がいったん国境を越えて殺到してきてしまったら、あっちとこっちで連携なんか、できるはずもない。

だから、あとで思えば、どうも腑に落ちないところもあるんです。
さっき言ったように、当時わたしは兵長で、対岸まで偵察に出よ、と言われれば、そちらで見てきた様子を絵に描いて、上官に渡したりもしていました。これに限らず、絵を描くというのは喜ばれます。上官が何か絵を描いてほしいと言って、画材を用意して待っていてくれたり。花とか、風景とか、そういうものを描くだけですが。部屋の壁に、それを貼ってみたりね。兵隊同士の仲間うちでも、こういうことは頼まれました。

シベリアに行ってからも、そうだったんです。お前は絵を描いておれ、と言われて、そのあいだ野外作業は免除される。ソ連の将兵からも頼まれました。たいていはベッドの脇に掛ける壁飾りの絵です。シーシキンの森の絵とか、レーピンの人物画とか、注文されたものを一週間か一〇日くらいかけて模写して、手渡す。そうすると、彼らは替わりに、黒パン、バター、砂糖、「マホルカ」っていう刻みのタバコなんかを置いていく。体力の上でも、ずいぶん助かります。一種の贔屓（ひいき）でしょう。おかげで、わたしの命は助かったんじゃないかと思う。開墾やら建設作業やら、ずっと休みなしに野外作業をさせられていたら、どうなっていたかわからない。

つまり、もうソ連軍がきょうにも攻め込んでくるか、という時期に、わざわざ遠方まで伝令に出すというのも、ある種の贔屓だったんじゃないかと思うんです。お前はまだ誰かに絵を描いてやれ、というような。ほかには何も取り柄のない兵長でしたから。二人の一等兵を付けてくれて、この三人に後方への伝令の命令が下りました。

虎頭から五〇キロばかり離れたところに虎林という町があって、ここが、町らしい町としては一番近いんです。そこの駅から、牡丹江まで夜行列車が出ていました。牡丹江で乗り換えて、さらに東京城（トンキン）あたりまで列車で行った。あとは五道溝、鏡泊湖のあたりの山中に散在するらしい友軍を探して、野営しながら徒歩で行くしかありません。

こちらでも日本軍の劣勢ははっきり伝わっていますから、現地の中国人農民らの日本兵への反感は凄まじいものになっていました。あのあたりは、日本人の開拓団が入るさいに、さきに中国人や朝鮮人が苦労して開拓した農地を横取りしてしまったところが多いんです。日本軍にこれまで圧迫されて隠していた恨みが、まっすぐこっちに向かってくる。だから、われわれは、もう昼間は危なくて行動できない。明るいあいだは、森とか、山のなかの小屋なんかに身を潜めていて、暗くなってから、月明かりでも頼りにしながら行くしかない。だけど、オオカミがいるんです。おっかないですよ。ずっと遠吠えの声が聞こえてる。やつらは、どこまでもついてくるから。それで、狙いをつけると、人間たちの頭上を飛び越えたりして、こっちの大きさを測って、弱いと見たら襲ってくるっていうんです。だから、夜目に大きく見えるよう、軍用マントをわざとバサッ、バサッと、頭上で左右に打ち振りながら駆けていく。そうすると、こっちの影が大きく見えるから、やつらは襲ってこないんだ、とか言われてね。

日本の敗戦を知ったのは、鏡泊湖近くでの野営中でした。現地で孤立していた兵隊も合わせて五、六人で行動していたのですが、日本兵はもうここではとても生きていけない、という感じでした。中国人の農家の前をやむなく通りがかると、向こうは銃を構えて、じっと銃口をこちらに向けている。あとはとにかく隠れておいて、夜、火を焚いて暖を取るんですが、食べるものはない。しょうがなくて、やっぱり中国人の畑に入って作物を盗み、犬がいれば犬を、牛がいれば誰かがそれを殺して、バラバラにして、血まで飲んでしまう。要するに、野犬と同じです。そのあいだにも敗残の日本兵がだんだん加わって、全部で十数人になっていた。

「きょうも鏡泊湖汁だな」なんてことを言ったりしました。鏡泊湖は、ほんとうに風光明媚な湖です。そういう土地で、煮炊きをするにも具に入れるものが何もなくて、美しい空だけが鍋のなかに映っていたから。

九月に入ると、観念して山を下り、東京城でソ連軍に投降しました。秋風が立って、静かな夕暮れどきでした。夕陽が深紅で、朽ちた東京城の壁や、大豆畑の枯れ穂が赤く染まっていました。十数名の日本兵が銃や剣を投げだし、山をなしていきます。ソ連兵が、われわれに両手を上げることを命じて、こまかに身体を検べだしました。

近くの蘭崗という村に運ばれ、飛行場の敷地に千人か二千人くらいの日本人が集められて、三カ月ほど野営して過ごしました。わたしは、このとき二三歳。貨車に載せられ、ソ連領内まで送られたのは、一二月に入って、すっかり氷と雪に閉ざされてからのことです。そのあいだ、飢えが厳しくて、すし詰めの貨車のなかで、ずいぶん多くの者たちが死んでいきました。――

有馬は、記者として訊いておかなければならないように感じて、無理に割って入って、一つだけ、尋ねた。

「喜多さんは、殺さずにすんだのですか？　敗戦の前後、現地の中国人たちを」

喜多画伯は、焦点を失った目で、ぼんやり有馬を見返した。そして、気を取り直したように、落ちついた声で答えた。

「ええ、殺していません。これは、幸運だったと思います。もしも、あのとき恐怖にとらわれて、わたしたちの誰かが一人でも相手を殺していたら、われわれが生きて帰ってくることはできなかったでしょう。その点では、殺さなかった、というより、むしろ、殺せなかった。いや、殺す余地もなかった、ということです。

ただ、それより問題は、もっと前のことでしょう。

日本軍が現地で圧倒的な支配力をもっているあいだ、どれだけ中国人を殺しても、罪に問われることがなかった。そして、殺した。いったい、なぜ、そんなに殺せたか？　これは、戦争で日本軍に加わった者からは、答えられることがないまま来ていると思います。国民皆兵と言われた時代のことなんですから、つまりは日本人全体が答えられずに来てしまったということなんでしょう。

当時中国に将兵として行った日本の男たちは、戦後、そのことにほとんど口を閉ざしてしまった。そして、同じ顔ぶれで戦後日本の市民社会というものを作った。それで半世紀以上やってきたわけだから、もう、以前のことは忘れたようなことになっている。

わたしは還暦近くなってから大学で絵を教えるようになった。そうすると、学生たちが、兵隊だったころのわたし自身と、ちょうど同じくらいの年ごろなわけでしょう。どうもね、自分のなかでつながりが悪いような、妙な気分が続きました。だけど、わたしが思うに、日本国民全体が、これによって復讐を受けてきたんじゃないかなと」

復讐を？

聞き違えたかな、と感じて、有馬は声に出して確かめた。

「ええ、わたしは、そう思っています。やっぱりね、自分の手は血に汚れてしまっている、だから もう同じことはやりたくないと、わが手を突きだして言う以外には、戦争を拒める足場はないんじゃないでしょうか。

自分の手はきれいだ、なんて言う人はね、いつだって、あやしいもんですよ」

そう言うと、画伯は表情を和ませ、こんなふうに続けた。

――まあ、いまになって思うのは、今後、あまり無理な長生きもしたくないな、ということですね。

わたしが子どものころだと、故郷の田舎なんかじゃ、がんが転移して痛みが出てくると、あとはもう長くなかったと思うんです。だから、苦しむ時間も、その程度で済んだ。

脳卒中で意識を失ったら、数日のあいだに、そのまま餓死したでしょう。

心筋梗塞も、せいぜい一日、二日で死ぬ人が多かったんじゃないだろうか。

ほんとうはね、その程度に最期は見積もっておけるほうが、余計な心配もすることなく、もっと楽に生きられるんじゃないかと思うんですが。――

4

訪問リハビリのセラピーを終えて、バッグに道具類をすべて片づけ、壁の掛け時計を見ると、午後四時一五分を少し過ぎていた。

喜多昇一郎画伯の家の玄関口を出て、綾瀬久美が裏手の駐車スペースにまわると、眼下の行燈山古墳の樹々に、赤みを帯びた陽光が西から射していた。軽自動車の運転席のドアを開けようとしたとき、庭ごしに、居間のガラスサッシにレースのカーテンを引こうとしている良枝さんの姿が見えた。西陽の眩しさに目をしかめ、喜多さんに何か話しかけているらしく、口もとが動いていた。

シートベルトを着け、キーを差し込む。

ぶぶぶぶ……ぶぶぶぶ……ぶぶぶぶ……。

ミツバチか。羽音のようなものが、かすかに聞こえた。車内を見まわし、ダッシュボードも開けてみたが、姿は見当たらない。まあ、そのうち現われたら、クルマの窓を開けて逃がしてやればいいだろうと考え、エンジンをかけた。

坂を下りきると、畑にはさまれた道をT字路まで走る。そこを右に曲がって、国道に出た。あとは、まっすぐに奈良市内まで走っていくだけだ。ふだん通りにクルマが流れていけば、訪問看護ステーションでの夕方のミーティングには間に合うように、帰り着くことができるだろう。

喜多さんが、九五歳という高齢にもかかわらず、週二度のリハビリを楽しみに待ってくれているのは、うれしい。言語のリハビリは辛く歯がゆいものだろうに、それに負けずに、明るくタフである。こちらもそれに元気づけられる。

彼のところに通いはじめて、二年を越える。とはいえ、最初のうちは、「失語症を患う九〇代の老人」という認識だけの付き合いが続いた。この画伯のことを、ずっと昔から自分は耳にしていたのだったと、やっと気づいたのは比較的最近のことである。妻の良枝さんが、壁に掛かる二枚の画伯の作品を指さし、これは「蜜蠟」で描かれている、と教えてくれたことをきっかけに、自分にとって大事な古い記憶が甦ってきた。

もう二〇年近く前のことになるだろう。離婚して、幼いユリと二人で、奈良の無人の実家に戻ってきてから、わりに間もない時期だったと思う。まだ、言語聴覚士になるための専門学校にも通っておらず、奈良公園近くの観光客相手のレストランでパートタイムのウェイトレスとして働きながら、家の修理や片づけに追われている状態だった。春の夕暮れどき、仕事帰りに保育園でユリを引き取り、夕食の支度を始めかけたところに、電話が鳴った。コンロの火を止め、受話器を取ると、「有馬です」と男の声が名乗った。それさえ、大学卒業のころから一〇年ぶりくらいの電話だったろう。

「元気？　無事にやれてればいいんだけど、離婚したんだって？」

彼は、明るい声で言ってから、笑って続けた。

「――結婚したのさえ、知らなかったけど」

「誰に聞いたの？　離婚のこと」

まだ胸に疼きが動いて、身を硬くして尋ねた。

「野沢知子」

と、学生時代に同じゼミだった名前を、彼は挙げた。

「わたし、野沢となんか会ってないよ」

「だろうな。ただ、彼女もブン屋だからね。よその社だけど、いまは京都支局にいる。こっちも京都での仕事が多くて、たまに顔を合わせる。どこかから耳に入ったんだろう。この電話番号も、彼女から聞いたんだ」

すごく気分が悪かった。わだかまるものがあったが、一〇年ぶりの有馬君からの電話に免じて、これについては黙っておくことにした。

「有馬君は、どうなの？」

「おれ？　まあ、それほど調子よくはないな。大阪支社に来てる。単身赴任で」

「え？」

「春田ゆかりと結婚したんだ。知ってた？」

「うん」

「彼女は、東京で仕事があるから。編集プロダクションで働いてて。だから、あっちに残ってる。

実家も三鷹だし」

「それは関係ないやん」

「まあね。つまり、あんまりうまくいってないってことだよ」

「そうなの？」

「そう」

彼は、そこで話題を変えてしまう。

「――いまね、取材で奈良にいるんだ。戦後にシベリアで抑留されていた画家がいてね、話を聞きにきた。その帰りなんだ」

「どこから電話してるの？」

「近鉄奈良駅」

「うちは、そこから近いよ。ごはん食べにくる？」

とっさに誘った。ユリは、あのとき四つくらいだったか？　娘を有馬君に会わせておきたいような気持ちも働いた。

「――ちょうど、これから、うちはごはんなんだよ。娘とわたしで」

「ありがとう」ゆっくり、心のこもった口調で、彼は答えた。「正直なところ、いくらかはそう言ってもらえることも期待して、電話したんだ。だけど、これで満足して、きょうは遠慮しておく。いずれ出直して、ごちそうしてもらうよ。お嬢さんによろしく。名前は、なんていうの？」

「ユリ」

「いい名だね。名前は覚えやすいものであるべきだ」

ひと呼吸置いて、彼は訊く。

「――よけい長電話になっちゃうけど、一つだけ、きょうの取材先の画家のこと、話していいかな。これ、綾瀬さんに言っときたいな、と思ってたことだから」

「……うん」

「その人に『すべてが沁みこむ大地』っていう作品があるんだ。小さなタブローなんだけど、二点組みで。何を描いているかというと、ただ雪融けの時期の雪面なんだ。たぶんね。水っぽい雪で、汚れている。その汚れ具合が、二点で、それぞれちょっと違うと言えば、まあ、たしかに違っている。とにかく二点、描いておきたかったんだね。

その作品、素材が、蜜蠟なんだ。そう、ミツバチが、巣をつくるとき、お腹のなかから分泌するんだろう。それを基材にして、雪の色合いの油絵具を含ませて、ナイフで粗い麻の素地にこすりつけている。

初めてこの絵を見たとき、おれ、泣いたんだ。なぜだかわからない。悲しくもなかったし。画家本人にも言ってない。なぜだったんだろうなって、いまも思っている」

それだけ話すと、返事も求めないまま――じゃあ、またね、あらためて電話するよ――と言って、電話は切られた。以来、二〇年ほどが過ぎたけれども、まだ電話はかかって来ていない。

そのままである。

ぶぶぶぶぶ……ぶぶぶぶぶ……ぶぶぶぶぶ……。

どこにミツバチはいるのか、羽音がまだ聞こえる。

いつだったか。ミツバチの生態を語る番組をテレビで偶然に見た。ミツバチの群れのなかで、メスの幼虫は、最初はロイヤルゼリーを食べるが、やがては花粉や蜜を食べることで、働きバチになる。このロイヤルゼリーという物質は、働きバチの頭部から分泌されるのだそうだ。一方、ひたすらロイヤルゼリーのみを食べつづけて育つメスだけが、女王バチになる。また、未受精卵からハチが発生すると、それはオスバチになるのだという。巣のなかでオスバチは食べるだけで、何もしない。英語で、オスバチのことをドローン(drone)と言う。この語は〝ぶぶぶぶ……〟という羽音を表すとともに、「のらくら者」という意味にも使われたりするらしい。だが、オスバチの生涯にも、ここぞ、という出番はやって来る。

よく晴れた、ある日、オスバチたちは一斉に、外界へと飛び立つ。そして、このオスバチの大きな群れのなかに、女王バチがただ一匹、飛び込んでいく。そして、雲のように群れるオスバチたちを相手に、女王バチは次々に交尾する。すごい、多幸症（ユーフォリア）の夢のような雲ではないか。オスバチは、射精を終えると、ただちに死に、落下していく。性器を結合させながら、バチンと音を発するように破裂して死ぬオスバチもいるという。オスバチの性器の一部である挿入器は、女王バチに結合したまま残る。あとから来るオスバチが、さきのオスバチの挿入器を女王バチの体から取り除き、また交尾する。こうやって、女王バチは、たった一日の限られた時間のあいだに、一生分の必要な精子を自分の体内に溜め込んで、巣に帰り、あとは、ひたすら卵を産みつづける——。

信号の色が、赤から青に変わって、また国道の車列は流れだす。

ユリは、学校を卒業して大阪のアパレルに就職し、バイヤーとしての修業を始めている。今夜も、帰りは遅くなると言っていた。

事務所でのミーティングが終わったら、スーパーマーケットで買い物しよう。そして、彼女に、夜食用のクラムチャウダーでも作っておいてやろうか。

……そんなことを考えたりもしながら、メタリックなサクラ色をした業務用の軽自動車の運転を続ける。

第Ⅱ章　覚えていること

1

《戦争も敗色深まる一九四五年春、若き経済学者の都留重人（つるしげと）は、外務省政務局第六課に籍を置いていた。日米開戦によって米国での研究生活からの帰還を余儀なくされて、いまは、大使館二等書記官という肩書きで、主に米国の経済事情を調査する仕事についている。

この年三月下旬、三三歳の彼に、外交伝書使（クーリエ）としてのソ連（ソヴィエト社会主義共和国連邦＝現在のロシアなど）出張の命令が下る。ヤルタ会談（同年二月）での三首脳、チャーチル（英国）、ルーズヴェルト（米国）、スターリン（ソ連）の合意を踏まえ、ソ連が日本に、翌年で期間満了になる日ソ中立条約を延長しないと通告（四月五日）してくる直前だった。

外交伝書使は、大・公使館ないし領事館と本国政府のあいだで、外交行嚢（こうのう）を運搬する。外交行嚢とは、外交上の書類や物品を入れる封袋のことで、外交特権によって通関時の検査などが免除されている。

外交伝書使は、ふつう、二人一組で派遣される。都留重人の同行者は、外務省アジア局勤務、二歳年長の小川亮作。満洲ハルビンの日露協会学校（のちのハルピン学院）で奨学生としてロシア語を修めたのちに、外務省留学生としてペルシャ語を学んだ人物である（当時、彼はオマル・ハイヤームの詩集『ルバイヤート』をペルシャ語原典から訳しているところだった）。さらに、在アフガニスタン大使館で四年間の勤務も経験し、パシュトゥ語についての知識もあった。

東京出発は三月二九日で、およそ二カ月間の旅程である。都留と小川、二人はそれぞれに大きな「クーリエ用」黒かばんを携えていた。このかばんをモスクワの大使館やウラジオストーク総領事館のしかるべき人に渡して、中身を入れ替えられたものをふたたび日本に持ち帰る。ただ、それだけの任務である。

機雷や、米国の潜水艦を警戒しながら、どうにか玄界灘を朝鮮の釜山に渡った。そこから、朝鮮半島を縦断する夜行列車に乗っていく。鴨緑江を越えて満洲に入ると、満鉄線で列車は奉天（現在の瀋陽）へ。そこから北へ、ハルビンに向かって、現地の日本総領事館に立ち寄った。ここは、北満洲・シベリア方面で謀略・諜報戦に取り組む日本軍特務機関の拠点でもあった。そこから国線（満洲国国有鉄道）浜洲線を西へ一〇〇〇キロ近く走って、ソ満国境の満洲里へ。ここで、シベリア鉄道支線のザバイカル鉄道オトポール駅へと、国境を越えていく。四月一〇日ごろのことだった。

ハルビンを発つさい、「シベリア鉄道に乗車後は、絶対にソ連人と交歓しないこと」と、厳しく注意された。また、軍の関係者からは、「対向線路を東に向かって走ってくる貨物列車など、軍需品らしきものを詳しく記録してほしい」とも依頼を受けた。遠からず、ソ連側がソ満国境を突破して、対日参戦に踏み切る事態は、予想されることだった。独ソ戦は、ソ連側の勝利へと帰趨が決しつつある。これを見込んで、ソ連軍は、ソ満国境方面に兵力の移動を始めているだろうと、日本軍は警戒を強めていた。だから、日本側の外交伝書使にも、外務官僚を装って、陸軍参謀の情報将校が配されることが増えていた。彼らなら、訓練を受けているので、すれ違う軍用列車のうち、一人が有蓋車を数え、もう一人が無蓋車の搭載物を見分ける、というように目を凝らす。有蓋車なら、一両につき、重武装した歩兵が八十数人。無蓋車なら、戦車は一両に一台、戦闘機であれば二両で一機、自走砲なら……と、およその換算をすることができる。こうしたことから、ソ連側の兵力移動の概数の把握を試みる。

だが、都留、小川には、そこまでの訓練はない。だから、ハルビンの軍部からの依頼は、結果的に、ほとんど無視したままである。

四月前半とは言え、シベリアでは、車窓から吹雪を眺める日もあった。長い旅のあいだ、都留は、小川亮作から、一一世紀のペルシャ詩人の四行詩、『ルバイヤート』翻訳をめぐる苦心談をつぶさに聞いて、楽しんだ。

彼らがソ連領内にいた一カ月ほどのあいだに、第二次世界大戦の節目と言うべき事件が続けざまに起こった。

四月一二日、米国のルーズヴェルト大統領が死去。代わって、副大統領のトルーマンが大統領に昇格した。

四月一六日、ソ連戦車隊がベルリンへの総攻撃を開始し、やがてヒトラーの自殺に至る（四月三〇日）。

五月九日（モスクワ時間）、ドイツ軍が連合軍への無条件降伏文書に署名。ただちに米国大統領トルーマンは、日本に対しても無条件降伏を勧告した。

旅のあいだに、都留自身は近い将来の日本敗戦を確信し、内心では、戦後日本の復興への道のりを考えはじめる。一方、このようなことも記している。

「しかし、同じ『クーリエ』でも、私たちの次に日本からソ連に派遣されたのは、外務官僚を装った参謀本部の暗号将校だったらしく、そのお二人は不覚にも、シベリア鉄道車中でソ連人とアルコールを飲みかわす交歓を行い、有毒物を飲まされて一人は死亡し、もう一人は発狂してしまい、持参していた新しい暗号セットを抜き取られるという事件をおこしたのだった。日本にはもはや勝目のないことを私たち以上に知っていたにちがいない参謀本部の人たちの自棄と虚勢のなす業だったのであろうか。」

このとき死亡した外交伝書使は、参謀本部第一一課（通信課）の金子昌雄中佐（変名・金崎）、もうひとりは航空学校教官の柴田（変名・佐藤）という人物だった。事件の細部については、さまざまな異説がある。ただ、彼らが、近くのコンパートメントの旅客を自室に招じ入れ、酒宴を張った末に、金子が死亡したというのは、確かなところであるらしい。

ただし、当時、モスクワの日本大使館の書記官で、事件への対処にあたった法眼晋作は、金子の死因は「肺病持ち」が泥酔して吐血、窒息したことによるものだったと述べている。これがソ連による計画的な謀略だったという解釈は、生き残った柴田が自身の行動を「正当化」するため虚偽を含む陳述を重ねたことに、影響されたものだという。

いずれにせよ、これが、外交伝書使として、重大な過失だったことは確かである。法眼によれば、この事件のあと、陸軍武官からは、伝書使が携行していた暗号のコードについて、ソ連側に見られた形跡はない、との申し出があった。だが、海軍武官からは、「やはり調べられた痕跡がありますね」と正反対の証言があったという。

ともあれ、都留重人自身は、モスクワからの復路、ふたたび延々とシベリア鉄道に乗りつづけ、今度はユーラシア大陸の東端、沿海州の州都ウラジオストークの総領事館に至った。職務は、ここでも、外交行嚢を取り交わすだけである。そして、またハバロフスク経由でチタまで戻り、満洲里から「満洲国」領内に入る。首都・新京（現在の長春）から、五月末、空路で羽田に帰着した。

当時、都留重人夫妻は、東京・乃木坂にある妻・正子の父、和田小六（東京工業大学学長）宅に仮寓していた。和田小六は、内大臣・木戸幸一の実弟で、木戸邸と和田邸は、乃木神社近くに隣家同士で建っていた。

新京を都留が発つさい、五月二五日の東京空襲で乃木神社あたりの住宅はほとんど全焼してしまったらしい、と聞く。とうとう来るべきときが来たかと、覚悟を深めた。ところが、羽田への帰着後、荷物を外務省に預けて現地の様子を見にいくと、焼け野原のなかに、ぽつんと、和田邸だけが焼け残っていた。以後、終戦まで、焼け出された隣家の木戸幸一たちも、和田小六宅に同居することになる。……》

2

有馬章は、五年前、四七歳のとき、大腸がんの開腹手術を受けた。ステージⅠの早期がんとはいえ、不安は尾を引いた。再婚を経て、初めて持った子どもの太郎は、このとき、まだ五歳だった。

予期せぬ病いを得ると、これまで思っていた以上に、自分が組織に縛られた人間であるのを自覚せずにはいられなかった。今後の社内での処遇を思うと、病状経過を上司に報告するメールを書くにも、さまざまに躊躇や猜疑心がよぎって、キーボードを打つ指も止まってしまう。一方で、通信社文化部の遊軍記者という立場に復職を果たすと、早く貢献をなさなければ、と気持ちが焦る。いずれにしても、絶えず組織に首かせでつながれている。これじゃ、給料で買われた奴隷だな、と改めて思う。さらに驚くのは、この歳まで、それを気にも留めずに来たことだった。

がん再発への恐怖感は、思わぬとき、前触れもなく寄せて来た。企画編成の会議に向かう通勤電車のなかで、不安に抑えがきかなくなり、途中駅のホームに降り、呼吸を整えたこともある。芝地の公園で太郎と子ども用のサッカーボールを蹴りあっている最中にさえ、急に動作が止まってしまう。

「お父、どうした?」

と声をかけられ、やっとボールを蹴り返す。

定期検査で、CTや内視鏡検査を受けるときには、腋や手のひらに脂汗がにじむのを感じる。

――だが、それも、完治のメドと言われる五年の歳月が流れるうちに、だんだん、加速度的に薄れていった。


「がんになったからには、まずは治すことを考えないとしょうがないでしょう。老化もあるし、若いころと同じにはいかないよ。ぱっぱと進まないことに、馴れるしかない。あまり焦らずに」

晴れた週末、ベランダで、妻の弓子と、たまった洗濯物をまとめて干していた。ぱんぱんと勢いよくシーツを左右に張り伸ばしながら、彼女が言う。

「たしかに、そうだ」

へっぴり腰で、シャツを物干し用のハンガーに掛け、有馬は答えた。手術で腹を切ったあと、体力の回復に時間がかかることにも、自分で驚いた。出血がぐちぐちと続いて、傷口がふさがらない。腹具合も、ずっとよろしくない。下痢、下痢、便秘といったサイクルが続いて、外出するにも面倒な気持ちが先に立ち、これで復職できるのだろうかと、不安だった。復職後も、手術痕の周囲が不意に引きつるように痛む。要するに、もとの体力まで、戻らない。そのことに焦れ、かえって投げやりになってしまう。

「がんじゃなくても、四七歳のときと、四八歳のときじゃ、一年分、体力の衰えがあったはず。だから、前と同じレベルには戻れないんだと、最初から諦めておくほうがいいんじゃない？　いい歳になっていく、というのは、誰にとっても、こういうことなんだから」

「そうだなあ」

風が吹き、女房の姿は、はためくバスタオル、手ぬぐい、枕カバーの向こうに隠れる。

一五年前、那覇支局勤務のあいだに、弓子と出会った。彼女は、二〇代の終わりだったろう。当時の彼女がどんな容姿だったか、もう、はっきり思い浮かべることもできない。いまよりもっと華奢な体つきだったか？　顔の色つやはずっと良く、皮膚は張りを保って、きっとシワなどなかったのではないか。どんな髪型をしていたか？

太郎が幼いころについても、そうだった。一歳の太郎、二歳の太郎、三歳の太郎と、ずっと、わが目で見ている。だが、何かの折りに、つい半年か一年前の彼の写真を目にすると、いまとこんなに面立ちが違っていたのか、と驚かされた。

これが家族ということか。

毎日会う。だから、変化が記憶できない。きのうの彼と、きょうの彼とは、違うはずだ。きょうのおれと、あすのおれとが、わずかながらきっと違っているように。だが、そうした、わずかな変化は、目に残りにくい。そのように家族としての時間は、何百日、何千日、何万日と、積み重ねられていく。

離婚の話しあい、結着のつけかたに、思いのほか長い時間を要した。やっと、これを終えようとしているとき、テレビ画面に、9・11、米国での同時多発テロの映像が流れはじめた。

高層ビルに飛行機が突っこみ、炎を噴きだし、崩壊へと向かう。白煙をところどころから漏らすビルの外壁面にカメラが寄っていくと、ときおり、ぱらぱらと黒ゴマのようなものが落ちていくのが見えた。気づくと、それは人間らしかった。

互いの嘘とか、誠実のありかたとかに、われわれは、日々、悩む。諍いながら家族と食卓を囲んでいるのは不愉快で、にもかかわらず、ここでの口論を中断してでも、身支度をしてバスや地下鉄に乗り、会社に出ていく。だが、突然、こうした努力も断ち切られ、黒ゴマみたいに、世界から引き剝がされて、落下していく。

これが戦争か。ブリューゲルの絵のようだった。ダンテの「地獄篇」のなかに、隠しカメラが持ちこまれているようでもあった。

「これは報復」だ、と言われた。テレビには映されない、もう一つの世界がある。そこで繰り返されている大量の殺戮を明らかにするために、テレビに映る世界のなかに同様の事態を持ち込むのだと。

テレビ画面に米国大統領が現われて、「われわれは十字軍だ」と言った。国際情勢をめぐる世界は、ここからアメリカン・コミックスに変わる。バットマンを笑ってはいけないという圧力が、国連の舞台でも高まる。知性なし、品格なし、人徳なし。もっとまじめに、笑いはこらえて、この世界で起こっていることを見なければ。

何が変わったか？

この世界は、アラジンのランプに住まう魔人のように、小型のスマートフォンに収まるものへと移っていく。

ありとあらゆる電子的な通信が、国家機関の国際的監視網によって収集されて、いつでも解読可能な状態におかれている。だが、この事実はカッコで括られ、誰も知らずにいることのように扱われる。スマートフォンを「世界」のすべてとみなして生きる態度の人びとが、たえず多数派。コミックスの主人公たちが、選挙のたびに支持を受け、世界を制覇してきた。

とはいえ、こうした世界像のもとでも、「実務」は続く。それゆえ、外交伝書使（クーリエ）という役柄が必要であることには、二一世紀に入ってからも変わりがない。いや、彼らの仕事は増えている。国際郵便での連絡では、秘密を保てない。電話や電子メールは、なおのこと、危険すぎる。ほんとうに重要な国家機密は、外交行嚢に入れて、かばんに詰め、いまでも外交伝書使たちが運ぶしかない。むろん、彼らのスーツの内ポケットには、最新鋭のスマートフォン。世界各地を行き交い、仕事を終えて本省の自席に帰着すると、もとの言葉数少ない一官吏に戻って、指先でこの装置をいじっている。

那覇支局に異動したのは、こんな時期だった。「テロとの戦い」の靄（もや）に覆われ、普天間基地の移設問題などは、かえって停滞していたのではなかったか。

あれは、那覇のモノレール線が開業する前後のことだったろう。支局記者としては、何かと慌ただしく動き回っている時期だった。

　当直勤務の間もクーラーを目いっぱい低温にしながらデスクワークを続けて、肩や背中のスジが張り、身動きが取れなくなった。記者は動けなければ、商売にならない。とにかく、応急の処置だけでも、と支局近くの揉みほぐしサロン「手もみプラザ」に駆け込んだ。いや、駆けることもできずに、よろよろと歩いていった。

「お客さん、背中とか、腰、首も、こうやって触るだけで、ゴリゴリですよ。ちゃんとした整骨院か、整形外科、行かなきゃ。ここじゃあ、これは治んないです」

　アルバイトらしき女性店員が、マッサージのまねごとみたいに摩（さす）りながら、親身な助言をしてくれた。

「――いったい何やったら、ここまでゴリゴリになるんですかね」

「デスクワークとクーラー。上司へのストレス。それと、私生活のＰＴＳＤ」

　つい、よけいな軽口を付け加えた。

「ＰＴＳＤ？　何ですか、それ」

　彼女は、まじめに問い返した。

「ポスト・トラウマティック・ストレス・ディスオーダー。離婚の後遺症、ってことだよ」

　引っこみがつかなくなって、こう言った。

「――いざ離婚って話になると、偽善とか嘘とか、わが身もいろいろ振り返って考えさせられる。それって、体に悪いんだよ、とくにね」

「偽善と嘘ですか？　だけど……」

ひと呼吸置いてから、くすっと笑い、摩ってくれながら、彼女は続けた。

「——それさえもなけりゃ、この世は闇なんじゃないですかね」

名前は後日になって知ったのだが、それが弓子だった。神奈川県の出身で教員資格を持っている。大学卒業後、しばらく女子校で国語教師をしていたことがあるのだが、どうも向いていないなと思いなおして、早々に辞め、「教育産業みたいなところ」で数年のあいだ派遣の仕事をしていた。このあいだに大恋愛、いや、彼女に言わせると「大失恋」をしたそうで、しばらく首都圏を離れて過ごしたいと考え、いくばくかの貯金を元手に沖縄に来た。安宿を下宿代わりに使って、当初は二、三カ月ほどのつもりだった。だが、さらに、もう少し滞在を延ばしたいなと思うようになって、アパートの部屋を借り、いまはこうしてアルバイトもしている。もうすぐ三〇歳になるのだということだった。

「大失恋」については、

「わたし、結婚して、ヴァンクーヴァーで暮らすつもりだった。だから、これ、すごいショックで」

と言っていた。

「それで、どうして沖縄に？」と尋ねると、

「やっぱり、そういうときには、南でしょう。そうじゃないですか？」

と訊き返してきた。

たしかに、おれだって、那覇支局への赴任希望者が多いなかで、無理かと思いながらも、この希望先を押し通した。だから、まあ、そういうものなのかな、と考えなおして、それ以上は訊かなかった。

それでも、彼女が初対面のとき、偽善や嘘もなければ「この世は闇」と言ってのけたことについては、その後も気になった。あれは、いったい、どういう意味だったのかな？

だから、あるとき、もう一度蒸し返して、訊いてみた。知りあってから、二、三カ月ほど経ってのことだったろう。

すると、彼女は、真顔で、

「そんなこと、わたし、言った覚えがない」

と答えた。

「えっ……」

拍子抜けして、こちらが絶句すると、もう一度考えなおして、こう言った。

「偽善も嘘も、少しはマシな自分を取り繕いたいと思って、必要になる。それまで全部を否定しちゃったら、なおさら希望は持ちにくい。……きっと、そういうことだったんじゃないかなと」

なかったかも知れない自分の発言について、彼女は解説した。

「——だけど、嘘がないと闇、とまでは、わたしは言いたくない。嘘は嫌い。それに頼ると、自分が、そこから抜けだせなくなると思うから」

彼女とこうして親しくなった。

「ちゃんとした」整骨院にまでは出向いていけずに、その後もときおり「手もみプラザ」で世話になった。職場が近いので、コーヒーショップやコンビニなどでも、しばしば彼女と行きあった。映画やコンサートに誘いあい、食事を一緒にしたりするうち、互いの部屋に泊まるようにもなっていた。

少しは苦しい気持ちも味わう。

「大失恋」の相手とは、何かまだ持ち越すところがあったのだろう。彼がヴァンクーヴァーから戻ってきているとのことで、あるとき、「ちゃんと話をしてくる」と言い置き、弓子はしばらく「手もみプラザ」にも休みをもらって、晩秋の東京に帰っていった。

それからの毎日、朝に太陽が昇って、夕刻に太陽が沈んでいく。じりじりと、進みにくい時間のなかで、その動きを意識した。

一週間あまり、過ぎたころだったか。夜九時を回ったころ、玄関のドアをノックする音が聞こえて、出てみると、弓子が立っていた。

「ただいま。ぜんぶ終わったよ」

そういって、大きめの唇の両端を軽く上げ、彼女は頰笑んだ。

――なぜだろうな。

あのあと彼女とかわした性交の体位、そのときの表情、声の響きなどは、なぜだかよく覚えている。

自宅の書斎で、古い取材ノートをひっくり返すうちに、もう二〇年近くも前に取材した喜多昇一郎画伯のおもかげが、じょじょに甦ってきた。

「大東亜戦争」の下、あの人は二〇歳で兵隊に取られ、みずから外地勤務を希望したことから北へ北へと送られて、北満洲のソ満国境、虎頭要塞に配属されるに至った。それまでの彼の人生で、自分との関わりなど一度も思い描いたことのないはずの土地だった。参謀本部は、とうに南進論に決して、満洲の日本軍の兵力は東南アジアの島々へと、続々と転じて送られた。なのに、この一兵士は、偶然にこぼれ落ちた麦粒のように、北満洲の国境地帯に残し置くわずかな捨て駒にまぎれていった。

虎頭要塞は、ウスリー川をはさんで、ソ連領の沿海州と向きあうツンドラ地帯の要塞である。冬には、凍結したウスリー川を中国人、朝鮮人の商人たちも徒歩で渡って、行き来しながら暮らしを立てる。一九世紀なかばまで、そこに国境はなく、ロシア人もおらず、中国人、朝鮮人の商人たちが行き交うような町もない。せいぜい先住の狩猟・漁撈に従う諸民族がまばらに暮らすだけの土地だが、彼らは「国」など必要としなかった。

そんな場所で、人を殺したり、殺されたりしなければならない理由とは、何なのか？

そもそも、「世界戦争」とは何か？

初めから「世界戦争」を始めるつもりで、これに乗り出す者はいなかったのではないか。

第一次世界大戦は、サラエヴォの橋のたもとでオーストリア＝ハンガリー帝国の皇位継承者フランツ・フェルディナントが暗殺されたことに始まる、と言われている。だが、「第一次世界大戦」という名称は、のちに「第二次世界大戦」というものがあって、それからあとに生じた。

最初、戦争下に、この戦争を「世界戦争」とみなす呼称が現われたのは、ドイツでのことらしい。Weltkrieg ——つまり、World War である。

一方、英国では、当初、「ヨーロッパ戦争」。だが、戦争のなかばを過ぎると、「大戦争」、つまり the War もしくは the Great War という呼び方が多くなる。この呼称には、新興ドイツに対抗しうるナショナリズムが託されていたのだろう。それまでは、英国の「大戦争」と言えば、一九世紀初めのナポレオン戦争を指した。ナポレオンによるフランスの膨張主義に抗して戦われた「大戦争」。二〇世紀には、ドイツの膨張主義に対抗する「大戦争」へと、その像が重ねてとらえられた。

フランスでも、この二〇世紀の戦争を「大戦争」(la Grande Guerre) と呼んでいた。英仏両国で「世界戦争」との呼び名が広まるのは、一九三〇年代になってかららしい。だが、それからも「大戦争」という呼び名が長く続いた。

米国では、一九一七年に参戦するまでは、大西洋の向こう側での戦争なので、「ヨーロッパ戦争」と呼んだ。参戦すると、これが「世界戦争」(World War) になる。

日本では、やや傍観者的に「欧州大戦」などと呼んだ。

第二次世界大戦については、どうか。

一九三九年九月一日に、ドイツがポーランドに侵攻する。これに対して、同月三日、英国とフランスが、ドイツに宣戦布告。これにより、その戦争が始まった。

とはいえ、この時点での日本では、「欧州大戦」がふたたび始まったという認識が、もっぱらである。自分たちが第二次世界大戦を戦うことになるという認識はまだ薄い。いや、日本で第二次世界大戦という呼称が一般に用いられるようになるのは、戦後のことである。

このとき、すでに日本は、一九三七年から、「支那事変」と呼ぶ中国での全面戦争を続けていた。ただし、これは、宣戦布告がなされないまま、いわば非正規の戦争だった。やがて、一九四一年一二月、米国ハワイのパールハーバー攻撃、南方のマレー作戦などで、米・英・オランダに対する戦争を始める。これに中国での戦争も合わせて、「大東亜戦争」と位置づけた。つまり、この「大東亜」という概念に、ヨーロッパの戦場は含まれていなかった。

ソ連は、一九四一年六月に始まるドイツ軍の侵攻に対して、「独ソ戦」を開戦。ここで初めて、世界戦争に参戦する。この対ドイツ戦で、ソ連は民間人も合わせて二五〇〇万人とも三〇〇〇万人とも言われる世界史上最多の犠牲者を出す国となる。この戦いは、ソ連で「大祖国戦争」と呼ばれた。一八一二年、ナポレオンによるロシア侵攻に対して戦われたのが、「祖国戦争」。つまり、トルストイが『戦争と平和』で描く戦争である。その戦争に重ねて、さらに大きな規模で故国の存亡を賭けながら、「大祖国戦争」は戦われた。

加えて、ソ連は一九四五年八月八日、日本に宣戦布告する。そして、翌九日未明から、北満洲、樺太などの国境線を破り、ソ連軍が日本側へ殺到した。喜多昇一郎画伯が配備された虎頭要塞が、ウスリー川を渡河してくるソ連軍に急襲されて、ほとんど全滅するのも、このときである（喜多さん自身は、後方への伝令に出されていて、免れる)。日本敗戦まで、あと一週間という時期だった。

こうやって順を追ってとらえていくと、二〇世紀の二大戦争も、渦中にあっては〝第一次世界大戦〟〝第二次世界大戦〟という普遍的な認識のもとに戦われていたわけではない。むしろ、それぞれの戦場での戦闘は、やはりローカルなものとして、個々の国と国との利害のもとに戦われている。ただ、これら相互の連関が世界規模で絡み合い、同時進行で続いていた。

ここから言えるのは、〝第一次世界大戦〟〝第二次世界大戦〟というのは、いわば便宜的なひとつの時代のくくりかたであり、べつの角度からは、また違った区分もありうるのではないかということである。

たとえば、より大きな視野から世界史をとらえ、第一次世界大戦期(一九一四〜一八年)と第二次世界大戦期(一九三九〜四五年)の全体を、二度目の「三〇年戦争」とする見方もあるようだ(一度目の「三〇年戦争」は、一七世紀前半、宗教改革によるプロテスタントとカトリックの対立の下で、神聖ローマ帝国を舞台に戦われた国際戦争)。

あるいは、さらに大きく、一九一四年からソ連が解体する一九九一年までを、ひとつの時代として「短い二〇世紀」と見る考え方もある。つまり、ここには、ソ連という最初の社会主義国家の誕生から消滅までが、すっぽりと含まれる。

このように見るなら、ソ連崩壊のあと、一九九〇年代初めの旧ユーゴスラヴィア内戦に始まる「民族と宗教」をめぐる世界戦争は、現在も続く、三つめの「三〇年戦争」とも言えるのではないか？

有馬章は、こうした視野を補助線に用いることで、『戦争』の輪郭線」という長期的な特集企画を始めることができないものかと考えた。月一度、上・中・下と三日分の続き物の配信とする。それを五カ月で、計五テーマ、掲載日数にすれば計一五日分の企画である。自分ひとりで取材・執筆を担当する。

内心では、秘かに、これを「『戦争』の輪郭線」第一部と考えたい。ここでは、主に第二次世界大戦の時代を扱う。

もし、評判がよく、加盟社の新聞への掲載率が上々ならば、さらに第二部を開始することもできるかもしれない。そのときは、二一世紀の戦争のありかたを扱いたい。いまは、「戦争」の実像というものが、見えにくくされていると思うからだ。「平時」を装いながら、「戦争」が行なわれている。

まずは第二次世界大戦の時代から、助走をつけるように始めるのが得策だ……。

アイデアは、このようなものである。

たとえば、一九三九年九月にドイツがポーランドに侵攻し、ヨーロッパで、のちに第二次世界大戦と呼ばれる戦争が始まっても、その時点ではソ連と米国という二大国は、まだ参戦していない。ソ連が参戦するのは、四一年六月の独ソ戦から。米国が参戦するのは、四一年一二月の日本軍によるパールハーバー攻撃からである。

つまり、たとえばソ連の場合だと、同じ枢軸国側の国でも、ドイツとは交戦し、日本に対しては「非交戦国」、という状態が長かった。この「非交戦国」というのは、「中立国」とは違っていて、第二次世界大戦のなかで生じた新しい概念なのだそうである。

「中立国」は、戦時国際法の中立法規で定められた厳格な中立義務を遵守することで、初めて守られる立場である（第二次世界大戦下、「中立国」で通したのは、スイス、スウェーデン、ポルトガル、スペインなど）。たとえば、「中立国」は、交戦国にいかなる便宜・援助も与えてはいけないし、自国の領域を交戦国に使わせてもいけない。反面、交戦国が戦争をする権利も容認しなければならない。これらの義務を守ってこそ、「中立国」はその立場を保障され、また、交戦国間の交渉を仲立ちする立場も負うのである。

一方、「非交戦国」というのは、そういう中立義務を守る立場には立たないが、とりあえず交戦はしていない国、という互いの関係を指す。たとえば日本にとって、ソ連は、一九四五年八月八日以後のごく短期日を除き、ずっと「非交戦国」だった。交戦国となれば、ただちに互いの国交は断絶し、相手国の大・公使館、領事館は閉じられる。だが、ソ連と日本は「非交戦国」の関係なので、ずっと互いの国に大使館などを開設していた。

そういう関係である。つまり、ソ連は、日本にとって「非交戦国」でありながら、いつ戦争が始まるかもしれない「潜在的な敵国」でもあった。しかも、独ソ戦開戦（四一年六月）が不可避の状況にあったソ連としては、対ドイツ戦に兵力を集中させるために、同時に日本と戦うことは避けたく、四一年四月、両国間で「日ソ中立条約」を結ぶ。日本にとっても、これによって米国、中国を牽制できる、という利点があった。

　こうした状況のもとでの複雑な情報戦、諜報戦が、この時期に摘発される「ゾルゲ事件」の背景でもあった。

　まことにややこしいのだが、これらの国と国との隙間にあるものをこまかに見ていけば、そこには、また、「国」という枠取りを越える、人と人との行き交いの余地なども見えてくる。つまり、こうした戦争の「輪郭線」をたどっていくことで、「国」に縛られすぎない歴史のありかたも姿を現わしてくるだろう。

　そんないくつかの例を提示してみる、というのが、この企画にさいして有馬が思いついたことだった。


　そんな次第で、どうにか「『戦争』の輪郭線」が文化部の企画会議を通った。

　地味な主題にしては破格の大型企画で、

「快気祝いみたいなもんだな」

と、同僚たちに、からかわれた。

　第一回の主題は、戦争末期、経済学者の都留重人によるソ連への「外交伝書使（クーリエ）」の経験だった。

　苦心しながら、なんとか書いた。

　そして、第二回の主題は、戦時下の駐ポルトガル公使、千葉蓁一（しんいち）のヨーロッパにおける消息をたどることだった。

3

《日米開戦当時、中立国ポルトガルで公使をつとめる千葉蓁一は、交戦国たる日本と米国、また、日本と英国のあいだで、相手国に残留する自国民を交換しようという「交換船」が計画されるにあたり、遠くリスボンの地から、その実施に貢献した人物でもあった。

戦争を始めると、当事国は相手との国交を絶つ。だから交戦国間の交渉は、双方が中立国から自国の「利益代表国」を選んで、これらの国が、いわば代理人として交渉に入ることになっている。日米交換船をめぐる交渉で、米国側の利益代表はスイス、日本側の利益代表はスペインだった。この交渉により、第一次の日米交換船（一九四二年夏に実施）では、日本と米国、双方からおよそ一五〇〇人ずつの帰還者を乗せて、中立国ポルトガルが領有する東アフリカのロレンソ・マルケス（現在のモザンビークの首都マプト）に入港し、ここで互いの帰国者を「交換」することに決まった。

こうなると、交換地ロレンソ・マルケスでは、各船に水、食料、燃料などが補給できるように、その準備も必要になる。この手配について、必要な連絡役にあたったのが、ポルトガル公使の千葉だった。

なお、第一次日米交換船での米国からの帰還者には、在ニューヨーク総領事の森島守人も含まれている。森島には、交換船がニューヨークを出港する直前、ポルトガル公使館への転任が、外務省本省から指示されていた。つまり、ロレンソ・マルケスでの下船後、日本に戻っていく交換船に乗るのではなく、その地で帰還者一行から離れて別の船便を求め、森島はポルトガルのリスボンへと直接向かうように、という命令だった。

そうやってリスボンに着任した森島に、同年一〇月一四日付でポルトガル公使となる辞令が発令される。一方、前任の千葉蓁一には、同日付で、特命全権公使という身分のまま、「仏国〔フランス〕出張」が命じられた。リスボンへの赴任後一年半という短期間での異動だった。この辞令には「兼任大使館参事官」ともあった。つまり、ナチス・ドイツへのフランスの降伏と、ペタン政権の成立に伴い、この親独政権の首都たるヴィシーで在勤している三谷隆信駐仏大使に代わり、千葉が在パリ日本大使館の留守居役をつとめる、という趣旨だったようである。

翌一九四三年春には、英米軍によるパリへの爆撃も激しさを増し、千葉公使の妻・美代子（細菌学者・北里柴三郎の三女）も、望郷の念を強める。彼女は、日本で徴兵年齢の迫る長男・一夫に再会を果たしておくことを願っていた。

千葉公使夫妻は、かねて外務省には帰国の希望を伝えており、同年六月、待望の帰国発令となった。当時、ドイツの支配圏内にいた日本人は、理論上はソ連の通過ビザさえ得れば、中立国トルコを経由して日本に戻ることができた。しかし、ソ連は、自国と交戦下にあるドイツの日本人に通過ビザを出そうとはしなかった。ただし、例外として、日本に救助されたソ連船員の送還など引き換えに、ソ連側も日本人に通過ビザを発給する、といったことがある。これは外交交渉となり、外務省は帰国希望者の優先リストを作っている。一九四三年七月九日時点で、七一家族中、千葉公使夫妻は二二番目である。夫妻は、ビザが発給され次第、すぐにも帰国しようと、パリからトルコのイスタンブールに移り住むことにした。パリを出発したのは、同年九月三〇日だった。

イスタンブールは、オスマン帝国時代の旧首都で、独立戦争を経てトルコ共和国が建国（一九二三年）されてからも、同国最大の都市だった。ただし、日本大使館は、一九三七年、首都アンカラに移転していた。

一九四三年一一月一三日、イスタンブールの千葉公使のもとに、アンカラの日本大使館から電話があった。外務省本省から、千葉公使に「トルコ出張」の命令が下った、とのことだった。これは、アンカラの日本大使館に着任せよ、という意味で、事実上の帰国発令の取消しである。これによって、千葉公使夫妻は、アンカラに身を移し、館務に従事しながら帰国の機会を待たねばならないことになった。

こうした状況のもとで、当時、アンカラの日本大使館内では、トルコの対日外交断絶を待ち望む声が強かった。そうすれば、大使館員らはすぐさま館内などで抑留下に置かれることになるものの、駐日トルコ外交官らとの交換、といった戦時下の交渉がなされて、やがてはソ連経由の帰国が実現するだろう、ということだった。

トルコが対日断交に踏み切るのは、千葉公使がアンカラの日本大使館に着任して一年二カ月が過ぎた、一九四五年一月二九日になってのことである。ヨーロッパの戦線では、連合国側の優勢が支配的となり、トルコにも英国などから連合国への参加を求める声が強まっていた。ただし、この時点でも、なおトルコは日本との外交関係を絶っただけで、宣戦布告はしていない。それでも、断交した以上、在アンカラの日本大使館員たちは抑留される。館員たちは、大使官邸と大使館の二カ所に分かれて集結が求められ、抑留が始まった。

同年二月二三日、トルコは、対日宣戦布告を発する。近くサンフランシスコで開かれる連合国会議（同年四月から）に席を占めるには、間近に迫る三月一日までに、トルコも連合国共同宣言に国名を連ねなければならないという事情があった。

だが、これからのちも、現地の大使館員たちがひそかに期待してきたトルコ・日本の両外交団の交換交渉がなされることは、ついになかった。彼らの抑留は、終戦後も続き、抑留が解かれるのは翌四六年一月三一日になってのことである。

その翌日の二月一日未明、日本への帰国にむけてアンカラを出発したのは、栗原正駐トルコ大使以下、総勢三三名だった。日本への引き揚げルートは、結局、ソ連経由の陸路ではなく、海路を用いることに決まっていた。スペイン政府を通して米国が手配したスペイン船プルス・ウルトラ号で、まずフィリピンのマニラに送られ、そこから日本船に乗り換えて、浦賀に向かうとのことだった。

プルス・ウルトラ号は、すでに一月二三日、森島守人駐ポルトガル公使以下四四名のリスボン組と、須磨弥吉郎駐スペイン公使以下四八名のマドリッド組を上船させて、バルセロナを出港していた。途中、ナポリで、原田健公使以下のバチカン組、日高信六郎大使以下のイタリア組、岡本季正公使以下のスウェーデン組と、加瀬俊一駐スイス公使、および、親独のヴィシー政権の崩壊に伴いスイス入りしていた三谷隆信駐フランス大使らから成るスイス組なども、同船に乗り込んでいた。

この船は、さらにトルコ大使館からの一行を乗せるために、パレスチナのハイファに向かっている。

アンカラを列車で出発した在トルコ大使館一行は、トルコ・シリア国境を越え、アレッポを経て、二月三日朝、レバノンのトリポリに到着。ここから乗用車に分乗してベイルートに移動して一泊したのち、同月四日午後にパレスチナのハイファに到着、翌五日にプルス・ウルトラ号に上船した。

プルス・ウルトラ号は、四八〇〇トンの小さな船だったが、三〇〇名を越える日本人帰還者を乗せて、すし詰めの状態だった。

だが、ここに千葉蓁一公使夫妻の姿はない。長引く抑留生活のなかで、千葉公使はじょじょに心身の状態を損ねていったらしく、日本敗戦を目前にした四五年七月二六日早暁、アンカラの日本大使館内の自室において美代子夫人をピストルで二発撃ったあと、自身も銃口を銜(くわ)えて撃ち、即死した。夫人も数時間のちに落命した。蓁一が四九歳、美代子が四四歳だった。

二人の遺骸は、現地のイスラム教の礼法にのっとって弔われたのち、アンカラ郊外の外国人墓地に埋葬された。だから、この船には、夫妻の遺髪だけが、館員たちに伴われて乗っている。

プルス・ウルトラ号は、ハイファを出航。ポートサイドに寄港したのち、スエズ運河を通過、コロンボ寄港を経て、三月一二日にマニラ入港。帰還者たちは、ここで筑紫丸（大阪商船、八一三六トン）に移乗し、同月一八日にマニラを出港。同月二六日朝、神奈川県の浦賀に到着した。

……》

4

「ちょいと、難しくないですかね。話が」

年の瀬近い品川駅前のビアホールで、デスクの中川奈央子が、黒ビールの中ジョッキをゆらゆら揺らしながら、向かいの席の有馬章に言っている。加盟社への配信を始めた有馬担当の連載企画「『戦争』の輪郭線」について、意見を述べているのである。ブラウスに、カシミヤのベストとベージュのジャケット、髪はポニーテールで、ややハスキーな声でゆっくりと話す。有馬より、ひと回りほど下の世代にあたる。

「――なんていうのかな……、おたく、っていうか」

「そうかな」

有馬は、不安に駆られて、ソーセージの皿から目を上げる。

「いや、おもしろいんです」

中川は、ジャーマンポテトを口に運んだフォークを、軽く振り、やや論調をやわらげた。

「――ただ、わたしなんかは時代背景の知識がないから、読んでて、ちょっと不安になるときがあるわけですよ。自分の受けとめ方は、これで合ってんのかな、とか。だからといって、きつきつに説明を入れすぎても、歴史教科書みたいになっちゃうだろうし。そのあたりのサジ加減が、ポイントなんじゃないですかね」

「そこだよな……。歴史上の事件とかには、もうちょっと〝注〟を入れてもいいかもしれないな」

「あと、写真ですよね。外交官の顔写真って、うちの写真部にも意外となくて。千葉公使夫妻のも苦労しました。ずいぶん痩せた人なんですね、背が高くて、メガネかけて」

黒ビールをひと口飲んで、つぶやく。

「――ピストル無理心中、衝撃」

「あれも、真相はよくわからないんだ。

千葉夫妻は、すでにヨーロッパでの職務を終えて、早く日本に帰るつもりで、中立国のトルコまで来る。なのに、足止めを食っているうちに、その国が参戦して、交戦相手国に変わってしまう。ほかの館員たちとは、違った心理状態でいたかもしれない。でも、周囲に、そこが理解されていなかったんじゃないか」

「ふーん」

「戦時下の外交官って、特異な状況に置かれちゃいがちだからな。奇妙な死に方をしてるケースはほかにもある。事故だか、自殺だか、あるいは殺されたんじゃないかと囁かれたりもしたような。でも、そういうのも、結局は藪のなかだから」

「あの……、有馬さんて、書く記事、いつも、どっちかっていうと、社会部っぽいですよね。なんで文化部志望したんですか？　社会部とかじゃなく」

「そうかな」

枝豆をつまんで、口のなかに指で押し出す。

「――おれは、これこそ文化部っぽいと思って、書いてるけど」


毎朝、散歩を心がけている丘陵地にも、冬枯れが深まる。朝六時を過ぎても、林の小道はまだ薄暗い。クヌギ、ケヤキ、ナラなどは、葉を落とし、灰色の空にむかって枝だけを張り出している。

晩秋の強風でなぎ倒され、隣の立木にもたれかかって、根こそぎ黒土を持ち上げたままの倒木がある。細い枝葉が無数に吹き折れ、傾斜を一面に埋めている。もっと前の嵐で倒れた樹は、赤茶けた色に変わっている。朽ちて倒れ、なかば土に戻りながら、小さな若芽を洞（うろ）から生やしているものもある。

道をさらにたどると、傾斜はじょじょに緩くなる。散った枯れ葉が、群れをなし、地表を走るように飛んでいく。さくっ、さくっ、と、ひと足ごとに枯れ葉は鳴る。風が吹き払うと、どんぐりが地面を埋めている。カラスが舞い降り、枝に飛び移る。ぽつり、ぽつりと、林のなかにあるベンチは、どれも無人のままである。それらの前を過ぎていく。

一一月下旬に、京都の地元紙でスクープが流れた。

日本人初のノーベル賞受賞者、物理学者・湯川秀樹の「敗戦期の日記」の内容が明らかになった、というものだった。有馬章が、その記事を目にしたのは、全国の加盟社から届く地方新聞をファイルしてある、品川の本社ビル内の閲覧テーブルでのことだ。

スクープ記事の要旨は、こんなものだった。

――湯川秀樹（一九〇七―八一）が初代所長をつとめた京大基礎物理学研究所に、彼の「研究室日記」全一五冊（一九三八年から四八年の記載がある）が残されている。この存在は、すでに知られていたのだが、文面が崩し字の走り書きのため、ほとんど放置されたままだった。このたび、関係者がこれの解読にあたり、まず日本敗戦の年、一九四五年の記載内容（日記原本の九冊目途中から一一冊目途中まで）から公表することにした、というのである。

つまり、これを「特ダネ」として見るなら、かなり小粒である。けれど、連載企画『「戦争」の輪郭線』を抱える有馬章にとって、興味を覚えたのは、むしろ、湯川秀樹の日記の個々の記載内容だった。だから、すぐに京大基礎物理学研究所に連絡し、原本自体を閲覧することなどができないだろうか、とこちらの意図を伝えた上で、相談を持ちかけた。対応してくれた高齢の物理学者は、湯川が所長だった当時に助教授をつとめていた人で、今回、湯川の「日記」解読にあたった当人でもあった。電話口で、彼は何度もうなずきながら、話を聞いていた。そして、ただちに、湯川による一九四五年の「研究室日記」原本全文のスキャンデータと、これを書き起こした「解読文」を添付ファイルにして、電子メールで送ってくれたのだった。

湯川による「研究室日記」の原本は、万年筆で、ノートに横書きされている。たしかに、癖のある崩し字による走り書きで、当人の書き癖をよほど心得た人でなければ、手に負えそうにない。だからこそ、そこから書き起こした「解読文」も添えてくれたのだろう。両方を照らし合わせながら読んでいくと、湯川当人の書き癖のありかたも、少しずつ理解できるようになってきた。

実は、湯川秀樹は、この「研究室日記」とは別に、自宅で付けたらしい「当用日記」全八冊（一九三二年、三四年から三九年、および五四年の記載がある）という日記帖も残している。そして、そのうち一九三四年の一年間の記載だけは、今回と同じ老物理学者が監修にあたって、すでに一冊の本（『湯川秀樹日記――昭和九年：中間子論への道』）にまとめられている。この一九三四年は、のちにノーベル賞の授賞理由とされる「中間子論」に彼が到達していく時期であり、世間からの注目の度合も高かったからなのだろう。

有馬自身も、この単行本『湯川秀樹日記』は読んだことがあった。三〇代なかば以後、那覇支局などの地方勤めをもう一度みずから望んでやりなおして、そのあと、東京の本社文化部に戻ってからのことだった。

「核」に関心があった。湯川秀樹ら、日本の理論物理学の最前線を走った科学者たちが、戦時下、日本での「原爆研究」に携わったことは知られている。もちろん、当時、設備の上でも、原料とされるウラン調達の上でも、現実に日本で原爆開発が可能であるとは、彼らは考えていなかった。むしろ、彼らとしては、現下の日本では原爆製造は不可能であることを前提にしながら、原爆開発がいかなる条件でなら可能かを明らかにできれば、米国がいつ原爆を使えるようになるかを推定し、これを戦争終結への目途として（内密にでも）示すことができる――という意識があった。

だとすれば、さらに、中間子論に取り組んだ段階まで遡り、湯川の科学的思考と、これの現実への適用のしかたを跡づけていけば、より広い視野から彼の科学思想を明らかにできるのではないか。

有馬には、素朴な、しかも解消しがたい疑問があった。

それは、人間という生き物にとって、抽象的思弁や実験による危険の認識と、日常のふるまいにおける危険に対する気構えとを、ともに持続するのはひどく難しいことなのではないか、という疑いである。つまり、頭脳で危険だと認識することと、身体が危険を避ける行動を取ることとは、なかなか一致しない。脳と体の反応は、基本的に、ばらばらなのを避けられないのではないか？

たとえば、ラジウムの発見者であるマリー・キュリーは、放射線被曝の危険が知られるようになってからも、自身は素手で放射性物質を扱ったり、白衣のポケットに入れて持ち運ぶ癖をやめられなかった。

アインシュタインは、原爆開発の推進をルーズヴェルト米国大統領に勧めるいいい抽象的な手紙を書くとき、核分裂連鎖反応によって生み出される驚異的エネルギーが、ナチス国家という機構に限らず、人類全体にくまなく降りかかることを、ちゃんと想像できただろうか？

オッペンハイマーは？

湯川秀樹は？

広島、長崎で原子爆弾が炸裂した直後、「しまった！」と即座に感じて、ただちに猛然と原水爆廃絶の動きを取った物理学者は、どうやらいない。

ヒロシマ、ナガサキのあとも、さらに数年、ある種の放心、あるいは内省の時間が、物理学者たちのあいだに流れた。湯川秀樹本人も言明しているように、彼が明確に原水爆禁止の動きを取りはじめるのは、原爆投下から九年後のビキニ環礁水爆実験（第五福竜丸事件）のころになってのことである。科学者たちが核兵器と戦争の廃絶を訴えるパグウォッシュ会議が、さらにその三年後。

湯川やアインシュタインが、これについて責めを負うべきだと、ことさら言いたいわけではない。それより、むしろ人間は、そんなふうにしか、ものごとに反応できない生物なのではないか？　だとすれば、これはこれで仕方ないとしても、人間はそういうものだということを勘定に入れるかたちで、われわれは、なお何らかの気構えを用意しておく必要があるはずだろう――。

もう一〇年ほど前のことだが、実際に『湯川秀樹日記――昭和九年：中間子論への道』を読み進めていくと、彼の生活には、さらに多彩な一面があることに驚かされた。

前々年（一九三二年）、彼は、大阪胃腸病院の次女スミの婿養子となる結婚をして、生家の小川姓から湯川姓へと替わっている。ちなみに、大阪胃腸病院というのは、以前、夏目漱石が関西地方への講演旅行の途上で胃潰瘍を再発させて倒れ（一九一一年）、そのまま入院した病院である。つまり、『行人』に出てくる、そのとき漱石の診察にあたった初代院長・湯川玄洋その人が、のちに湯川秀樹の岳父となる人なのだった。

この年二七歳の湯川秀樹という青年は、文学好きでもあった。「中間子論」への局面打開に集中しているはずの時期に、ゴーゴリ、ドストエフスキー、トルストイ、さらにバルザックまで、日に三度の食事を取るように、研究生活の合間を縫って読んでいる。一方、彼は、母方の祖父から漢籍の素読を受けながら育っており、自分では、ことに『荘子』を好んでいた。さらには、浄瑠璃や歌舞伎のラジオ中継に耳を傾け、芝居小屋にもせっせと足を運んでいる。こちらのほうは、大阪の芸事の世界と近しい養家・湯川家からの影響があったのではないかと思われる。「中間子論」の学会発表の前日でさえ、滞在先の東京・日本橋のホテルを抜け出て、歌舞伎座で「ひらかな盛衰記」「勧進帳」を観ていたりする。

つまりは、研究に取りつかれているあいだも、彼のもう片方の手は、遊んでいる。だが、実は、遊んでいる手のほうが、彼の着想に独創を吹き込んでいたのではないか？

ともあれ、今度、彼がじかに原爆研究に取り組む、一九四五年の「研究室日記」に目を通した。そこにも、また意外な記述は現われた。

この年、彼は三八歳。一年間の記載中、最初に原爆研究についての記載が現われるのは、敗戦に半年ほど先立つ同年二月三日（土曜）のくだりである。雪、寒し、とある。

「午後、嵯峨水交社に荒勝、堀場、佐々木　三氏と会合、F研究相談。帰途　警戒警報発令。」

水交社とは、海軍の将校クラブである。「F研究」は、京都帝大理学部の原子物理学者、荒勝文策の研究室が海軍から委託された原爆研究をさしている。「F」は核分裂を意味するFissionをさした、とも言われる。堀場は、化学の堀場信吉。佐々木は、同じく化学の佐々木申二。これら三人の京都帝大理学部の年輩教授に、若手教授の湯川が加わっての会合である。

このときから敗戦に至るあいだに、湯川の「F研究」との関与をうかがわせる日記上の記述は、さらに三度ある。だが、これといった成果も挙げずに、ここでの「研究」は終わっていく。敗色濃い戦況の下、湯川にも、一一年前の日記のような、盛り場に出て芝居見物するといった記述はない。むしろ、ほとんど毎日、勤勉に大学に出勤しては、講義や演習にあたっている。加えて、各地で続く米軍機による空襲などの概況を、日々、簡潔に書きつける。

それでも、機会をとらえ、楽しみはある。

たとえば、一九四五年三月三日（土曜）には――。

「晩　独逸(ドイツ)文化研究所にて豊増氏のBeethoven Piano Sonataを聴く。」

独逸文化研究所は、京都帝大の正門近く、東一条交差点にあった文化施設である。ナチス施政下にあるドイツ大使館の主唱によって、一九三四年、日独文化交流と日独親善の促進を掲げて、開設された。大阪に本拠を置く建築家・村野藤吾の設計で、総面積一〇〇〇平方メートル、二階建てコンクリート造りの瀟洒な近代建築だった。二百人収容のホールを備え、ここでは、とくにピアノのリサイタルが盛んに催されている。ただし、戦時下では灯火管制があり、演奏中もホール内は暗かった。

「豊増氏」は、著名な若手ピアニスト、豊増昇である。ウクライナ出身のユダヤ人ピアニスト、レオ・シロタ（一九二九年以来、長く日本に滞在していた）に師事したのち、ドイツ留学。帰国後、日米開戦の年となる一九四一年には、東京・丸の内の明治生命講堂で「ベートーヴェン　ピアノソナタ全曲連続演奏会」を七回にわたって開き、満員の会場を沸かせた。その後、東京音楽学校の教授もつとめていた。

二週間後、三月一七日（土曜）、湯川秀樹は、また同じ会場にいる――。

「晩　独逸文化研究所に Schneider の Liszt 演奏をきく。」

リスト作品を演奏した「シュナイダー」とは、誰か？　当時、滞日していた外国人音楽家を調べ、エタ・ハーリヒ＝シュナイダーのことだとわかってきた。彼女は、日本で「ミス・シュナイダー」と呼ばれることが多かった。（当人としては、これには多少とも不満があった。むしろ、「ミセス・ハーリヒ＝シュナイダー」という呼び名を背負った人生に、彼女は自分なりに誇るところがあった。）
ピアニストにしてチェンバロ奏者、また、音楽学者でもあったエタ・ハーリヒ＝シュナイダーは、後年、自伝（『人格と戦禍――旅する音楽家の証言』、*Charaktere und Katastrophen : Augenzeugenberichte einer reisenden Musikerin*）を残しており、そこにも「京都の独逸文化研究所で一九四五年三月一七日に、神戸のイエズス会修道院で一八日に、リストの夕べを催した」というくだりがある。彼女は、一八九七年、ドイツ帝国の盟主、プロイセン王国で高官をつとめるシュナイダー家の娘として、フランクフルト・アン・デア・オーダーに生まれたが、カトリック教徒である。一〇代で著作家のヴァルター・ハーリヒと結婚、二人の娘が生まれたものの、早くに離婚。もとの夫、ヴァルター・ハーリヒは、一九三一年に没している。

この三月一七日未明から、神戸の街は米軍機による大空襲に見舞われていた。それでも、京都での当日夕刻の彼女のリサイタルには「多くの人が殺到した。大学全体が集まったみたいに、多くの人がやってきた」。湯川秀樹も、そのなかの一人だった。

戦災下で疲れていたが、次第に演奏の調子は上がって、ロ短調ソナタで全力を使い切り、自分でも満足のいく演奏ができた。聴衆も強い感銘を覚えているのが伝わってきた。当夜のうちに、どうにか神戸へと移動している。

湯川秀樹の日記に戻る。

広島に原爆が落とされる一九四五年八月六日（月曜）の記述――。

「一昨日頃から急に暑くなる。夜も蒸暑くて寝られぬ程。朝27〜8度。日中は32〜3度位か。
午後　教授会。終わって　京都師団との連絡会。」

その翌日、八月七日（火曜）の記述――。

「午後　朝日新聞、読売新聞　等より　広島の新型爆弾に関し　原子爆弾の解説を求められたが断る。」

二日後、八月九日（木曜）の記述――。

「六日広島に投下した新型爆弾の威力は熱線が全体で数粁〔km〕に及ぶといはれてゐる。落下傘で吊し地上数百米〔m〕にて爆発と新聞はいふ。

八月八日夜　ソ連、帝国に対し戦闘状態に入る旨最後通牒を発す。九日　満ソ国境東部及び西部より越境。北満、鮮〔朝鮮〕を爆撃。」

その四日後、八月一三日（月曜）の記述――。

「午後一時　理学部長室にて会議。
午後四時　原子爆弾に関し荒勝教授より広島実地見聞報告」

この日、午後四時からの報告会で荒勝文策教授が用いた自筆データの原本などは、現存する。荒勝教授の遺品中から、しばらく前に発見され、いまは京大総合博物館が所蔵している。

荒勝教授は、八月一〇日に広島入りして、爆心地近くの土壌を採取し、京都に持ち帰った。これを試料に用いて、前日の一二日には、遮蔽用のアルミ板の厚さを変えながら、透過するベータ線を測定し、一連の結果をグラフ化している。

東京の理化学研究所の仁科芳雄らは、陸軍との「ニ号研究」と呼ぶ原爆研究に携わってきており、京大の荒勝より一歩早く、八月八日に仁科自身が政府調査団の一員として広島に入っていた。そして、一〇日には、大本営が広島現地で開く会議に、理研の仁科、京大の荒勝も出席し、新型爆弾は原子爆弾であると断定した。湯川秀樹も、これらの経緯を逐次知る立場にあった。

そうでありつつ、湯川自身は、八月七日、「原子爆弾」についての「解説」を、というジャーナリズムからの求めを断わった。なぜ断わりたかったのか？

おそらく、彼は、この段階で、あれは原爆ではないかと、なかば以上、感じていたはずである。にもかかわらず、科学者として責務であるはずの「解説」を断わる。

思わず、立ちすくんでいる。そういった彼の心の動きが、ここには、見て取れる。当然のことだ。身震いするほど、おそろしかったに違いない。

だが、彼は、いずれ自分にこのときが来るのを、予期しなかったのだろうか？　いや、いざとなると、想像した以上に、衝撃が大きかった、ということなのだろうか？

5

《前回、湯川秀樹の日記に、ドイツの女性音楽家、エタ・ハーリヒ＝シュナイダーが登場したことをご記憶だろうか？　今回は、彼女が来日するに至った経過をたどることから、始めよう。

一八九七年、ドイツのプロイセン地方（現在のブランデンブルク州）、フランクフルト・アン・デア・オーダーで彼女は生まれた。ピアノと音楽学、さらにチェンバロ復興の代表的奏者としても知られて、ベルリン高等音楽院で教授として教えた。保守的なプロイセン官吏の家庭でカトリック教徒として育ったが、彼女自身は、政権を掌握するナチスとは相容れない、多元性を重んじる信条を自覚していた。それゆえ、ドイツの内外で演奏活動を続ける自由を望んだものの、次第に圧迫が強まって、一九四〇年春、ついに勤務先のベルリン高等音楽院から解雇を通告された。

その年の晩秋、日本でオーケストラ・コンサートのツアーを行なわないかという企画が、エタ・ハーリヒ＝シュナイダーにもたらされた。招聘元は朝日新聞社。だが、オファーを仲立ちしたのは、駐日ドイツ大使オイゲン・オットの妻ヘルマである。前年の三九年九月、ドイツがポーランドに侵攻、これに対して英仏はドイツに宣戦布告し、のちに「第二次世界大戦」と呼ばれる戦争が始まっていた。

年末、エタ・ハーリヒ＝シュナイダーは、日本からの招請を応諾しようと決めている。そのさい、彼女には、これで国外に出れば、自分がドイツに帰国するのは戦争終結後のことになるだろうという覚悟があった。つまり、亡命の意志を抱いて、単身、日本に出ようとしたのである。出国許可は三カ月間に過ぎなかったが、日本を足場に、親戚のいる南米アルゼンチンへ渡航する方途を求めるつもりだった。ドイツ外務省のなかには、意図を察しながら見て見ぬふりを通してくれる人もあり、さらに、「大切なものはすべて持っていきなさい」と、ひそかに助言する公使もいた。とはいえ、省庁間の対立も立ちはだかって、ようやくドイツを出発できたのは、翌春、四一年四月二九日になってのことである。

ヨーロッパでは、すでに戦争が拡大していた。にもかかわらず、なぜ、彼女はドイツから日本に旅行できたのか。重要なポイントは、このとき、まだ独ソ戦が始まっておらず、ソ連が「非参戦国」だったことである（その後、二カ月足らずで、同年六月二二日には独ソ戦が始まる）。

とはいえ、独ソ戦が迫るソ連が、ドイツ人の旅行者に好んで通過ビザを出すはずはない。まず日本の入国ビザを手に入れ、満洲国の通過ビザを取得し、その上で、列車の出発時間ぎりぎりまで嫌がらせを重ねられたあげく、やっとソ連の通過ビザが出た。

一九四一年四月二九日、ベルリンからモスクワ行きの特別急行列車に、彼女は単身で乗り込み、出発する。携行する荷物には、クラヴィコード（卓上に置いて演奏する鍵盤楽器）とチェンバロもあった。相当な大荷物である。むろん、これらはポーターに託され、荷物車に積まれる。

夕暮れどき、列車は故郷フランクフルト・アン・デア・オーダーを通過した。さらに夜通し走って、朝方、ワルシャワ近郊のビスワ川の草地を渡る。やがて、ソ連との国境の駅、マルキニアに近づくと、ソ連の国境警備兵たちが乗り込んできた。

同じコンパートメントに乗り合わせた五人の乗客のうち、女性は彼女だけだった。ブロンドの髪の外交伝書使（クーリエ）と、最初に言葉を交わすようになった。若い私服の将校が彼に同行していたが、ポーランドの戦場で片足を失い、義足を付けていた。そちらも、ビザの資格上は外交伝書使である。この二人は、ドイツ外務省から、内々に、エタ・ハーリヒ＝シュナイダーの楽器を旅行中の事故から守ってあげてほしいと頼まれているとのことだった。彼らの行き先も、日本である。

ほかの同室者のうち一人は、中年のドイツ人の実業家。もう一人は、地中海地方の国のタイ領事。この領事は、エタ・ハーリヒ＝シュナイダーと会話するときには、フランス語を用いる。モスクワに到着するまで、女性の旅行者は彼女だけという状態が続く。

国境の税関で、乗客全員が列車から降りるように指示され、荷物も降ろされた。税関職員が、彼女のトランクから総譜と音楽関連の書籍をことごとく取り出し、

「これらは、満洲国境まで、こちらで預かります。そこに着いたら、あなたにお返しします」

と申し渡した。

一〇日近くも、音楽書籍なしではいられない、と抗議したが、無駄だった。

ロシア語しか話さない職員が、彼女の著作『チェンバロ演奏の技法』をきちょうめんに一ページずつ、めくっていく。鍵盤上にある手指の写真が、そこには、たくさん使われている。エタ・ハーリヒ＝シュナイダーが嵌めている指輪と同じものが、写真の手指にもあるので、職員はこれが彼女の手指なのだと気づいたようだった。

伝えられた上司が、本を手に持ち、近づいてくる。ドイツ語で、彼は訊く。

「これは、あなたの手ですね？　あなたの著作ですか？」

「はい」

「この本には、なぜ、ほかの言語で書かれた部分があるのですか？」

「学問的な著作なのです。チェンバロの技法を一六世紀から順を追って解説したものなので、原文と、それのドイツ語への翻訳を入れました」

ぱたんと本を閉じ、上司は言う。

「あなたは芸術家であるとともに、学識ある女性です。ソ連通過中、総譜とこれらの本を自由に使うことを許します」

続いて、チェンバロとクラヴィコードの検査が行なわれた。ほかの乗客たちも、不安そうに見ていた。

「演奏してみてください」

クラヴィコードで、バッハのイタリア協奏曲第一楽章すべてを彼女は演奏した。職員たちは、飽きる様子を示さず聴き入った。

「あなたはどうしてロシアでコンサートをしないのですか？」上司が尋ねた。「ロシアに来てください！　歓迎します」

どうにか入国時の税関検査を切り抜け、モスクワに到着したのが、メーデーの五月一日。シベリア鉄道の特急に移ると、やがて窓の外は雪と氷に閉ざされた景色に変わって、際限のないようなシベリアの大地を横切る旅が続いていく。

五月七日。

東シベリアのチタを過ぎ、満洲との国境が近づくころ、食堂車でベルギーの駐ハンガリー公使と知り合った。大柄の美しい容姿の紳士で、白髪がいくらか混じる上品な顔だちだった。仰々しいところがなく、すべて成り行きに任せた様子でお茶など飲んでいて、ときおり要所を突いた物言いをして、周囲を和ませた。男爵でもあるそうで、「ハンガリーから英国に転勤していくところなのです」と、当人は話していた。

だが、この「転勤」には、少し説明が要る。

彼の赴任地であるハンガリーは、ナチス・ドイツの勢力下に置かれた枢軸国の一翼として、独ソ戦への参戦が迫られている。一方、本国のベルギーは、すでにナチス・ドイツ軍によって占領されている。だから、ドイツに対して抵抗を続ける政治家たちは、英国に渡って亡命政府をつくり、自由ベルギー軍を組織していた。つまり、この男爵も、公使としての赴任地ハンガリーを脱出し、英国にある亡命政府に合流して、祖国ベルギーの自由と独立のためにもうひと働きしよう、という道中なのだろう。

ただし、ハンガリーから英国への道のりは、この「世界戦争」の下では、とてつもなく遠い。ふだんなら、ハンガリーから、西に一〇〇〇キロばかりも行けば、英国である。だが、いまは反対に、ドイツの勢力圏を避け、東へ向かうしかない。そして、シベリア、満洲、朝鮮を通って、日本へ。前年夏までは、ここから、インド洋、スエズ運河を通って英国に至る欧州航路があった。だが、いまはそれさえ途絶している。

だから、横浜で、米国西海岸に向かう船便を待って、シアトルかサンフランシスコへ。そこから大陸横断鉄道でニューヨークへ。ここからヨーロッパに向かう大西洋航路も、熾烈な「大西洋の戦い」の下で、いまはほとんどが絶えていて、唯一、運航しているのは、中立国ポルトガルのリスボンに向かう米国船だけである。こうやって、ほとんど地球を一周する経路をたどってリスボンにまで至り、あとは戦況を見ながら、英国に渡る手段を求めるしかなさそうなのである。しかも、この男爵公使一行は、美しい夫人のほか、四歳から一二歳の七人の子どもたち、子守りのノルウェイ人女性、ドイツ人家庭教師、秘書夫妻、そして、もう一人のハンガリー人女性秘書、という大所帯である。

「男爵夫人に関しては、彼女ほど重いトランクを力強く、しかも優雅に運ぶ女性を私は見たことがない」

と、エタ・ハーリヒ＝シュナイダーは、その長途の旅への思いを馳せながら記している。

ソ満国境を越えたところの満洲里という辺鄙な村では、米国から日本経由で故国をめざす、ドイツ人たちの群れを見た。どこまで拡がるかわからない戦争への不安、ヒトラー総統に向けられる愛国心、また、異郷で高まるドイツ批判のなかでの孤立感……。彼らを故郷回帰に駆り立てているものに、気持ちが沈んだ。

この道中、外交伝書使のナチ将校は、ベルギー男爵公使一行中のノルウェイ人の子守り娘と恋仲となり、しばしば二人でどこかに姿を隠した。正反対の世界観の持ち主だったはずの二人が、仲良くフロイトの精神分析について議論している。

朝鮮の釜山から、連絡船で日本の下関に渡る。外交伝書使が子守り娘といちゃつきながら口論したりするのを聞きつつ、エタ・ハーリヒ＝シュナイダーは夜汽車で眠りに落ちていく……。

東京駅に着いたとき、外交伝書使が、打って変わったナチス式の軍隊調で、

「奥様、どうぞお早く！　お迎えが来ていらっしゃいます」

と叫んだ声で、我に返った。

駐日大使オイゲン・オット夫人のヘルマが、窓の外のプラットホームに立ち、自分を出迎えているのだった。……》

6

「エタは、自分に都合のいいことばかりを書いている」

エタ・ハーリヒ＝シュナイダーの自伝『人格と戦禍――旅する音楽家の証言』をめぐっては、本国ドイツで、そういった批判の声もあるらしい。だが、そればかりではないはずだ。

戦争末期の米軍機による東京大空襲で焼亡するまで、戦前、ドイツ大使館は、東京・永田町で国会議事堂の脇に建っていた。現在、そこに国会図書館がある。つまり、議事堂から道路一本隔てて、すぐ北側の敷地である。英国出身の建築家ジョサイア・コンドルによる煉瓦造り二階建て、ヴィクトリア様式で中庭を持つ壮麗な建物で、図面だけ残っている。音楽ホールも備え、広い庭園が周囲を取り巻いていた。

東京に到着した一九四一年五月一四日から、およそ三カ月半、エタ・ハーリヒ＝シュナイダーは、この建物で来客用の部屋を提供されて暮らした。西、南、東の三方に窓があり、浴室、明るい色調の仕事部屋、その奥に庭の緑に囲まれた広い寝室があった。

到着の翌日、五月一五日朝、大使夫人ヘルマから、ドイツ紙「フランクフルター・ツァイトゥング」特派員、リヒャルト・ゾルゲを紹介される。ゾルゲは、切れ者の記者としてオット大使の信頼厚く、二人は毎朝六時にここで朝食をとることにしていたからだった。両者は、ともに、第一次世界大戦のおりには前線で戦った経歴の持ち主でもあった。しかも、ゾルゲは三度も戦場で負傷して、最後は重傷だった。後遺症が残って、いまでも彼は片足を少し引きずるように歩いている。陸軍少将でもあるオットには、これがいっそうの信頼に足るものと映り、また、いくばくかの気後れもゾルゲに対して抱かせた。このとき、オットは五二歳、ゾルゲは四五歳である。まもなくゾルゲとのあいだに短期間の恋仲が生じるエタ・ハーリヒ＝シュナイダーは、満四三歳だった。

エタ・ハーリヒ＝シュナイダーは、自分が政治的にベルリンを追放された身であることを、まもなくゾルゲに打ち明ける。彼ならドイツ大使からの信任も厚く、南米アルゼンチンに渡る上での助力も得られるのではないかと期待した。ゾルゲ自身、新聞記者という立場になかば守られ、日ごろからヒトラー政権への批判的な見方を隠していなかった（それでいて、ナチの党員証は持っていた）。彼女が示した信頼に、ゾルゲは信頼で応え、自分についての秘密も隠さずに話す。彼が話さずにいたのは、自分が得た情報をスターリンに送っているということだけだった。

日本に到着したときから、エタ・ハーリヒ＝シュナイダーは、自分が孤立し、きわめて誤解されやすい立場にあるのを自覚せざるを得なかった。ナチスに批判的な信条を抱きながら、彼女の公的な立場は「ナチスの文化使節」である。滞日するドイツ人のなかで、彼女は「ナチではない」、「ユダヤ人ではない」、「コミュニストでもない」という立場である。また、在日外国人という社会のなかでは、（多数派で自由主義的立場を意味する）連合国の国民でなく、（少数派でファッショ的立場を意味する）ドイツ人だった。そして、一般の日本人が彼女を見るときには「外人」という異分子のままである。

ゾルゲは、彼女の立場を即座に理解した。彼女が「反動的」カトリックで、自身がコミュニストという違いにも、こだわりを示さない。二人は、どちらも、ベルリンの街に若い時代の思い出を持っていた。

わずか数カ月後に、ゾルゲはスパイ容疑で日本の警察に逮捕され（一〇月一八日）、エタ・ハーリヒ＝シュナイダーとの濃密な付き合いは、断ち切られて終わる。

一〇月八日、ゾルゲが電話をかけてきて、そのあと、すぐ彼女のところにやって来た。前月初め、彼女はドイツ大使館を離れて、青葉台の日本家屋を借り、日本人の老女を一人雇って、独居を始めていた。秋の晴れた日で、演奏室の窓を開け、ゾルゲと二人で窓辺に座った。彼の青い目に、茶色のジャケットがよく似合っていた。（のちになって判明するところでは、これは、ゾルゲの滞日中で決定的とも言うべき最後の情報の打電、「……本年中は戦争はないであろう」「日本軍は、満洲からの対ソ開戦＝北進の策をとらず、インドネシア方面への侵攻＝南進を選んだ、ということ」をモスクワに向けて発した、四日後である。彼は、日本を脱出してモスクワかドイツに向かう手立てを求めはじめていたはずだ。）

このとき、ゾルゲは少し体調が悪いと言った。だから、エタ・ハーリヒ＝シュナイダーとしては、そのあとしばらく電話をかけることもなく（同日夜から、彼女は新潟への演奏旅行に出ていた）、会わずにいたのだった。

一〇月一九日。いよいよゾルゲのことが気になり電話をかけると、不機嫌そうな日本人の男の声が出た。その声は「どなたですか？　ご用件は？　恐れ入りますが、お名前と電話番号を。ゾルゲさんは留守です」と言うのだった。午後にもう一度電話をしても、同じだった。

それきりだった。ゾルゲたちの逮捕は、秘密裡になされていたからだった。

彼女は、ゾルゲが逮捕されたとは思わなかった。たぶん、上海あたりに出向いたのだろうと考え、ずっと待っていた。自分は口をつぐんでいるのがいちばん彼のためになるだろう、と考えたからだった。（「ゾルゲ事件」が報道発表されるのは、翌年、一九四二年五月一六日。エタ・ハーリヒ＝シュナイダーが、ゾルゲ逮捕の正確な日付を知ったのは、戦後、日本を離れたのち、一九五一年八月二〇日、ニューヨークでのことだったという。）

ゾルゲが、尾崎秀実とともに処刑されるのは、一九四四年一一月七日のことである。

――エタ・ハーリヒ＝シュナイダーは、長大な自伝『人格と戦禍』を一九七八年、八八歳で八一歳になる年に発表する。壮健な人で、一九八六年、八八歳でウィーンに没するまで、演奏と音楽研究――ことに研究者としては、戦後、その展開が著しい――を続けた。日記をつける習慣を長く持続しており、若いころについての回想にも、かなり克明な日付が伴っている。

長い生涯にわたる自伝だが、一人の人物像について、リヒャルト・ゾルゲほど生彩ある筆致で述べられるくだりはほかにない。

本社ビル二〇階の小会議室のドアを開くと、八人掛けのテーブルの片側に、デスクの中川奈央子ひとりが座っている。A４用紙にプリントアウトした記事原稿らしき束が、テーブルにやや乱雑に置いてある。彼女は厚手のペーズリー柄のブラウスを腕まくりして、その一枚に赤ペンでせっせと懸命に何か書き込む。大きなガラス窓の外は、一面に灰色の空で、みぞれまじりの雨粒がときおり吹きつける。だが、室内は完璧な空調で暖かく、ほかに外の気配を伝えるものは何もない。

「やあ、おまたせ」

有馬章がテーブルの反対側の正面にまわって声をかけると、彼女は初めて目を上げる。

「さっそくですけど、これなんです」

中川は、いま手を入れていた原稿を、有馬のほうに向けて、指で少しだけ滑らせる。

「――『〈戦争〉の輪郭線』第五回、原稿ありがとうございました。いずれ第二部があるかもしれないとしても、とりあえず今回、第一部では締めくくりになります。せっかくですから、もうひと息、わたしが疑問に感じるところなど、遠慮なく出させてもらって、詰めておきたいと思うんです。結果的に、そのほうが読者の印象にも残るものにできるかなと」

記者として、中川は、有馬よりひと回りほど若い世代である。だが、いまはデスクという職掌上、有馬が提出する記事の原稿をチェックする役回りは、彼女が負っている。苦心しながら書いた原稿について、このように言われると、いつもの手順であるとはいえ、年嵩（としかさ）の有馬としてはいくぶんか身構える。

「よろしく。お手やわらかに頼むよ」

言いながら、中川と向き合う位置の事務椅子に、有馬は腰かける。

原稿に目を落としながら、中川は言う。

「どうもね、わたし、ゾルゲ事件って、よくわかんないんです。勉強不足なんでしょうけど。要するに、これ、日本軍がソ連攻撃に踏み切るのかどうか、その情報をゾルゲが尾崎秀実からもらって、ソ連に流した、ってことですよね？」

有馬はうなずく。

「……うん。そこのところだよね」

「第三次近衛内閣ですよね。この御前会議で、日本軍は南進論をとる、ということに決めた。つまり、ソ連攻撃という北進論は、放棄する。ゾルゲは、この情報を得て、モスクワに打電した、と」

「御前会議が、九月六日だった。一九四一年の。ただし、この内容についての直接の情報をゾルゲが得るのは、尾崎からじゃなかったようだ。ドイツ大使館も懸命に日本の出方を探っているので、そちらからの情報が大きかった。

尾崎は、このときには、満洲に行っているんだ。当時、彼は満鉄調査部の嘱託だから、大連で専門家たちとの会議に出て、列車で奉天、新京と移動して、満鉄幹部たちと会ったり、兵員や物資の鉄道輸送の実情を視察した。そうやって現地を見ると、関東軍の部隊配置や戦備の様子がはっきりわかったはずだ。つまり、日本軍による対ソ開戦は、少なくとも当面はありえない、ということだね」

「じゃあ、御前会議の決定だけではなくて、尾崎からの情報も合わせて、ゾルゲはモスクワに打電するってことですか？」

「一〇月四日、ゾルゲが最後にモスクワに送った情報が、それだったんだ。

すでに九月一四日に、御前会議の決定については、モスクワに打電している。ただし、九月六日の御前会議は、一〇月下旬には対米開戦に踏み切る、という前提で、方針を出している。このあと、満洲視察から帰った尾崎の状況分析なんかも踏まえて、一〇月四日に、ゾルゲは改めて打電する。絶えず微妙に状況は動いているから。ゾルゲとしても、更新した状況判断をモスクワに知らせておくべきだと思ったんだろう」

「ソ連は、この情報のおかげで、兵力を満洲方面に割かずに、独ソ戦に集中させることができた。そのことが独ソ戦でのソ連勝利につながった、と。そういう評価になってるんですか？」

「だということになっている。

だけど、実際、どれくらい効果があったのかな？　そこは、よくわかんないよね」

「わかんないですよね。独ソ戦って、それからも、さらに四年近く延々と続く。だから、ゾルゲからの情報が、独ソ戦の最終的な行方にまで影響を及ぼしたとは言えない気が」

「……たしかにね。最終的な勝敗を左右した、とまでは、証拠を求められると言いにくいかもしれない。ただ、ゾルゲからの情報のおかげで、ソ連軍は精鋭部隊をこの年一〇月ごろから、すべて独ソ戦に投入することができた。モスクワ周辺に。それによって、緒戦をなんとか持ちこたえられた、とは言えると思うんだ」

「ああ……。なるほどね」

原稿のほうに目を落とし、中川は、頰に落ちかかってくる髪を指で耳に引っかけ、うなずいた。

大学生のとき、卒業論文を提出すると、ゼミの指導教授以外の、同じ学科の教授たちから試問を受けた。三〇年前の緊張を、いま、このときになって、有馬は思いだす。

「――わかりました、それは。

だけど、ゾルゲって、新聞記者ですよね。『フランクフルター・ツァイトゥング』の。だったら、日本の国策が決まるような重要会議があるってことを知ったら、なんとか、その行方について関係先を取材しようっていうのは、通常業務でしょう。当たり前の職業意識ですよね。たとえ、それが御前会議であっても。尾崎だって、少し前まで『朝日新聞』の記者でしょう。新聞記者上がりの知り合いが、首相の朝飯会のメンバーだったりしたら、やっぱりこれ、ゾルゲがスパイでなくても、新聞記者としては取材かけますよ。当たり前ですよね。

はたして、記者にとってのそういう通常業務まで、スパイ行為とみなせるんでしょうか？　通常の取材活動で知り得た情報まで、違法なものだと」

「うん。そこは、検事局でも考えたところだろうと思うんだ。

起訴のとき、ゾルゲや尾崎については、中心になる罪状を、国防保安法違反にしているんだ。これは、逮捕の年、つまり一九四一年にできたばかりの法律で、国家機密を外国ないし外国人に知らせたら死刑にできる。そうすると、裁判では、じゃあ『国家機密』とは何か、ってことが、ふつうは問題になる。ところが、この法律は、あらかじめ条文で国家機密とは何を指すかを決めちゃってて、そこがミソなんだ。つまり、『御前会議』は国家機密の一つとして明記してある。つまり、その御前会議で何が議論されたかは関係ない。『御前会議』は即『国家機密』なわけ。

もちろん、起訴状では、治安維持法違反も罪状に挙げてある。だけど、治安維持法で死刑判決を出す要件は『国体の変革』だろう？　共産主義をめざす、ってことだ。

ゾルゲ事件の場合、さすがにこの法律を適用することで重刑にするのは無理だと検事局でも考えて、国防保安法違反、というのを中心に持ってきたんだと思う」

「そうですか。それは、わかりました。だけど、わたしが言いたいのは、それとは少し違ってて……」

彼女はしばらく言い淀んでから、少しきつい眼差しになって、顔を上げ、言いなおした。

「――これでいいんだろうか？　ってことなんです。これは、戦争中の検事局の起訴案件をめぐるテクニックの話にして、済ませるべきじゃないと思う。『ゾルゲ事件』についての、わたしたち、いまのジャーナリズムの扱いが、戦争中の検事局の見解を踏襲するだけでいいのか、ってことなんです。

これね、もし同じ事件がいま起こったら、わたしたち、また『スパイ事件』って報じますか？　違うでしょう、って、わたしは思うんです。むしろ、これは『権力犯罪』なんだと言ったほうがいいんじゃないか。リヒャルト・ゾルゲと尾崎秀実は、当時としても、本当は罰されるような行為をしていないんじゃないか。強引な法適用によって、それを死刑にした。わたしたちジャーナリズムは、ごまかさないで、そこをまず検証する必要があるんじゃないか。その上で、これがどういう意味で『事件』なのかを、はっきり言っとかないといけないんじゃないかと。

ずっとこれまでも、なんとなく、わたしはゾルゲ事件を扱う記事を読むたび釈然としなかったんだけど、今度、有馬さんの原稿読んで、やっぱり、そこのけじめをちゃんとしとかないと、話が先に進まないんじゃないかって、思いました」

――そういったことを彼らは議論した。

だが、このときにも、やはり、話しただけである。

大手通信社の配信記事で、これまで「スパイ事件」、つまり、国家にたてつく重大犯罪として扱ってきた事件を、いや、これは「権力犯罪」でした、とひっくり返すには、まずもって、こまごまと外堀を埋めつづける作業を求められることになるだろう。自分たちの残り少ない記者生活は、ムダかもしれないそうした努力を重ねるだけで終わりかねない。ここに伴うリスクは、彼ら自身にも、よくわかっていたからである。

ともあれ、一人の記者としては、やれることから、やるしかない。有馬章は、いったんデスクの中川奈央子に渡した記事原稿を取り戻し、全体に、かなり大きく手直しを始める。

《……ゾルゲ事件の関係者は、いずれも、分別盛りの年齢に達した人びとだった。

逮捕の時点で、ゾルゲ四六歳、尾崎秀実四〇歳。さらに、かつて一九三〇年代の上海で、ゾルゲと尾崎を結びつける役割を果たした米国生まれのジャーナリスト、アグネス・スメドレーは、このときには四九歳。かたや、エタ・ハーリヒ＝シュナイダーも、四三歳である。

ゾルゲには、石井花子という、長く交際が続く女性がいる。エタ・ハーリヒ＝シュナイダーとのあいだで、ゾルゲが、彼女という存在について、深く話しあった様子はない。

知りあって、さほど時間が経たないうちに、ゾルゲはエタ・ハーリヒ＝シュナイダーにこんな助言をした。

「ドイツ大使館との結びつきで、君は誤解されることになるだろう。だから、できるだけ大使館に頼らず、自立しなさい。そして、日本語を学びなさい。三年でマスターすること。流暢な日本語は、警察官からも、あなたの身を守ってくれるだろう。いざというときドイツ人を頼らずに済むよう、日本人の友人を作りなさい」そして、こう言う。「三年のうちに、ドイツは戦争に負ける。日本がともに戦えば少し長引くが、やはり負けるだろう」

日本人の友を作る、という助言が、彼自身の経験から出たのか、あるいは見果てぬ夢だったのか、それはわからない。尾崎のことは深く信頼していたが、友人としての気安い交際が彼らに許されていたわけではない。

ゾルゲからの助言に、彼女は従った。家庭教師もつけて、こつこつと、こまめに日本語学習を続けた。たちまち、彼女が話す日本語は、ゾルゲのレベルを追い抜いた。加えて、漢字を含む読み書きも身につけていく。

演奏会や講演、レコーディングなどで、彼女には、自活できるだけの収入があった。

来日当初に契約されたオーケストラ・コンサートのツアーを終えるにあたり、「フランクフルター・ツァイトゥング」紙は、東京特派員からの記事を報じた。

「日本のチェンバロ事情
東京　一九四一年七月

ベルリン高等音楽院教授エタ・ハーリヒ゠シュナイダーは、東京でコンサートを開き、これをもって一連のツアーが終了した。東京で最大の音楽ホールだったが、満員だった。六週間のうちに東京、神戸、大阪、京都で行なわれた一連のコンサートは、チケット売り切れが続き、大成功となった。特筆すべきは、日本の音楽界が初めてチェンバロを詳しく知ったことである。……

R・ゾルゲ」

彼女の人生が、完全だったとは言えない。ことに、故国ドイツに残してきた二人の娘との関係においては。

下の娘、ズザンネは、若くから詩や小説を発表しながら育つが（結婚後はズザンネ・ケルクホフの名で知られた）、安定した家庭環境を築けないまま、一九五〇年、三二歳のとき、東ベルリンでガス自殺する。母親エタとは、淡い文通はあったが、再会を果たさないままだった。

姉娘のリリは、声楽家となった。彼女とは、その一九五〇年、西ドイツのハンブルクで再会するが、互いの気持ちのわだかまりは続く。リリも、一九六〇年、四〇代前半の若さのうちに死んでいる。

ゾルゲと尾崎が処刑されるのは、一九四四年一一月七日である。それでも、自活しなさい、日本語を学びなさい、というゾルゲの助言は、彼の肉体が消えたのちにも、エタ・ハーリヒ＝シュナイダーに生涯にわたる影響を残した。

彼女は、戦後一九四九年に日本を離れてニューヨークに渡るが、その後もたびたび日本を訪ねて、現代音楽にかぎらず、宗教音楽、民謡などにもわたるフィールドワーク、録音などを続けた。古楽器や写本を収集し、雅楽、舞楽、催馬楽といった伝統音楽を研究対象とするさいにも、日本語原典に直接あたれるところに彼女の強みがあった。米国の大学の修士課程で社会学を修めて、自身の音楽研究に、社会音楽史的な展開も位置づけた。

若いころのベルリンで、エタ・ハーリヒ＝シュナイダーは、政治学者カール・シュミットと親交があった。互いの長い亡命生活を通して作曲家パウル・ヒンデミットと変わらぬ友情を保ち、戦時下の日本ではユダヤ系の指揮者・作曲家のクラウス・プリングスハイム（作家トーマス・マンの義兄にあたる）との信義を温め、戦後の米国では現代音楽のジョン・ケージと親しかった。彼女の日本の伝統音楽研究は、英国外交官としての日本滞在が長かった文化史家ジョージ・サンソムという理解者も得ることになる。

ただし、こうしたエタ・ハーリヒ＝シュナイダーの仕事は、まだ、戦後日本において知られるところが少ない。なぜだろうか？　……》

7

五年半前、大腸がんの手術を受け、しばらく病室暮らしが続いた。

週末の午後だった。妻の弓子が、息子の太郎を連れてきた。太郎は、まだ保育園の年長組だったろう。

「お父（とう）、だいじょうぶなの？　おなか、痛い？」

目を丸く見開き、息子はベッドのへりにつかまるようにして、横たわるこちらを覗き込む。

「だいじょうぶだよ。おとうはな、おなかのなかに、痛いものができちゃったから、お医者の先生に切り取ってもらったんだ。見せてやろうか？」

　病衣をまくし上げ、息子に傷口を見せようと動くと、

「何するの。だめだよ、そんなもの、子どもに見せたら」

　声を厳しくして、弓子が押しとどめた。

「まだ少し血が出てるんだ。だけど、もうちょっとで、家に帰るよ」傷の大きさを自慢するのは諦め、息子に言った。「そしたら、また、公園でサッカーやろう。もうちょっと、涼しくなってから」

「うん」

　太郎は、うなずいてから笑った。

　弓子は日用品の買い足しにでも行ったのだったか。太郎だけが、ベッドの脇に残っていた。

「……あのさ」

　太郎は、両腕をふとんに突っ込んできた。

「――保育園で、公園まで、お散歩に行ったんだ。猫がいてね、小さな猫だった。道の脇にいた。子どもの猫。

　保育園の前の道、ずっと行くと、道が曲がるでしょう。あそこに、小さな猫がいた。塀があって、その下のところに。それで、むこうから、クルマが曲がってきたの」

　……聞いているうちに、だんだん、思いだしてきた。ずいぶん前に、保育中の小さな事故の話を、たしか弓子から聞かされたことがあったな、と記憶をたどる。

太郎が通う保育園は、広い園庭がないので、近所の公園、お寺の境内、気候が良ければ海岸の砂浜にも、まめに散歩に出る、という保育方針をとっていた。

二〇人ばかりの同クラスの園児が、縦に長い列をつくって、保育園近くの道幅の狭い道を歩いていく。先頭に担任の保育士の先生が立ち、なかほどにまた保育士の先生が付いて、そして、最後尾にも保育士の先生がいる。周囲のクルマの動きなどに、そうやって注意を払いながら、散歩の目的地点へと移動していく。午後はお昼寝の時間があるので、午前中のことである。

道は、車一台がやっと通れるくらいの幅しかない。そして、うねうねと蛇行する。だから、スピードを出してクルマが走ってきたりはしないので、保護者としては、かえって安心だと感じてきた。

だが、あるとき、その道の角を、近くの工務店の軽トラックが、むこうから曲がってきた。ゆっくり、ゆっくりと、慎重に、運転している工務店の初老の店主は、保育士たちとも顔見知りなので、互いに目で会釈をかわしたりしながら、ハンドルを切ってくる。先に、その軽トラックが角を曲がりきってしまうのを待つことにして、園児の列は、角よりやや手前のところで、立ち止まって待っていた。太郎は、この園児の列の先頭のところにいた、というのだった。

曲がってくる道の角は、ブロック塀になっている。ただし、狭い道幅の角で、塀が直角をなすままだと、クルマは曲がりきれない。だから、角の尖端にあたる部分は、いくらか住宅側に引くようにして、塀は亀甲形をなすように立っている。クルマが曲がりやすいように、という、そこの家の持ち主の配慮なのだろう。

ところが、このときには、軽トラックが角を曲がってくる、ちょうど、塀の足元のところに、子猫がいたのだそうだ。生後一、二カ月、そのていどの子猫である。

　その子猫が、曲がってきた軽トラックのタイヤと、ブロック塀のあいだに、挟み込まれてしまった。子猫は、すりつぶされるように圧迫される。その様子を、子どもたちの先頭に立つ担任保育士は目にしたのだが、ほとんど一瞬のことだけに、運転している工務店主を制止しきれなかった。

「太郎ちゃん、子どもたちの列の先頭にいたので、そのときの様子を見てしまっています。ですから、子猫のことをおうちでも、何か話すことがあるかもしれません。そのときは、ご両親も、よく話を聞いて、慰めてあげてください。よろしくお願いします」

　担任保育士は、弓子と同世代くらいの女性なのだが、少し声を落とし、申し訳なさそうに、そのように言っていた、とのことである。

　この先生が言うには、子猫は腹が裂けたらしく、腸がいくらか外に出て、痙攣していた。太郎も、その様子に気づいて、ぎゅっと、先生の手を握ったのだそうだ。

　残りの二人の保育士先生は、とっさに機転を利かせ、ほかの子どもたちが事故現場の様子を見てしまわないよう、回れ右させて、保育園の方向をさして戻りはじめた。先頭にいた先生は、太郎を列に加わらせてから、自分ひとりが、その場に残った。

　彼女が言うには、たぶん、子猫の命はもう駄目だったろう、ほんとうは、すぐに獣医にでも連れていってやりたかったところだが、自分はまず園児らを保護しなければならない。だから、軽トラックを運転していた工務店の主人と、ちょうどその場に居合わせていた近所の初老の主婦とで、二言三言、言葉をかわしただけで、子猫のことはとりあえずその主婦に頼んで、自分自身は小走りに保育園に戻って、子どもたちに合流した、ということなのだった。

担任の先生は続けて、

「――太郎ちゃんは、これからも、しばらくは、おかあさん、おとうさんに、何か思いだすと、それについて話そうとすると思うんです。そのときには、また、聞いてあげてください」

というようにも言っていたらしい。

たしか、あのころには、有馬自身は、もう水戸支局での単身赴任の時期に入っていたはずだ。だから、太郎と過ごせる時間は多くなかった。たまの休みに、かぎられた時間のあいだ自宅に戻って、そのときに、こういう話を弓子から聞いたのだったろう。いや、太郎からも聞いた。たぶん弓子は、ずっと多く、何度も何度も、太郎が語る子猫の話を聞きながら過ごしていたのではないか。

それから、しばらくのちのことだったろう。また、休みで支局から自宅に戻っているとき、弓子に用事ができて、夕方の太郎の引き取りに、自分が保育園に出向いた。その帰り道、彼の手を引きながら、子猫の事故があった曲がり角を通りかかった。あ、べつの道にすればよかったな、と、このときになって気がついたが、黙っていた。

すると、太郎が、その角を曲がりきってから、後ろを振り返る。そして、さらに歩きつづけながら、こちらに向かって顔を上げ、

「ねえ。あのね……」

と言った。

こっちは、素知らぬふりのまま、

「なに？」

と問い返す。

すると彼は、まだ、つたない話し方ながら、

「猫ちゃんが、ここで、ひかれたのを見た。おなかから血が出て、ぴくぴく震えてた」

と言った。

「そうか」

と答えると、

「死んじゃったかな。このおばさんが、病院に連れていってあげるけど、もうだめ、って言ってた。

死んじゃったと思う。そしたら、どうなるの？」

「きっと、その人が、埋めてくれただろう」

「お墓に？」

「うん。そうやって、だんだん土になり、またいつか、戻ってくる」

「ほんと？」

「うん。また猫になるか、木になるか、それとも、鳥にでもなるか。まだ決めていないだろうけ

ど」

あんな答えかたで、よかったのかどうか。

それから、さらに二年後、がん手術のあとの病室で、太郎は、またそのことを言いだしたのだった。

あれには驚いた。こちらが腹の手術をしたことで、子猫の事故の古い記憶に、結びつくところがあったのだろうか？

「ときどき思いだして、猫ちゃんのこと、また考えたりすることがあるのかい？」

と、尋ねた。

「べつに、そんなことない」

六歳になろうとしている息子は、はっきり答えた。

「――ずっと、これは覚えていることだから」

「『戦争』の輪郭線」という大型企画の取材と執筆を続けるうちに、年をまたいで、二〇一八年に入っていた。

前年秋には、術後満五年の定期検査を受ける手はずになっていた。だが、企画が走りはじめてしまうと、準備段階から、すでに忙しい。ほとんど丸一日が潰れる検査のために、あえて時間を割く気にはなれなかった。さいわい、それまでの検査結果も順調で、主治医に相談すると、「お仕事に支障が出ない時期に、ということで、それはよろしいでしょう」と言ってくれた。ステージⅠのがんでの術後五年ともなると、再発率はもう格段に低くなる。主治医の口調にも、そうした安心感が含まれているのを感じて、そのことがうれしかった。

ようやく、最後の定期検査のための予約の電話を病院に入れたのは、『戦争』の輪郭線」全五回分の配信をすべて果たして、そろそろ桜の花がほころびはじめようか、という季節になってのことだった。四月第一週に、検査予定を入れてくれた。

今度の検査が無事に済みさえすれば、これで定期検査も終了である。

病院は、都内の広尾にあって、自宅から向かうときには、渋谷駅から直行のバスで行く。検査が終われば、いつもほっとした気になり、病院の裏手の道から、地下鉄・広尾駅のほうへ、だらだらとゆっくり歩いて、坂道を下ってくる。時間が許すときには、有栖川公園か、都立中央図書館あたりにも寄っていく。その界隈は、中学、高校時代に通った母校にも近く、いくらかは懐しさも覚える場所だった。

今回は、締めくくりなので、血液検査による腫瘍マーカー、胸部ＣＴ、腹部ＣＴ、大腸内視鏡検査、問診・診察と、ひと通り、すべての検査を受けねばならない。

いつも厄介なのが大腸内視鏡検査で、全部で二リットルも下剤を飲ませられる。控え室で持参の文庫本など読みながら、じりじりと焦る気持ちを抱えて、便意が来るのを待つことになる。

検査が終わると、ＣＴの画像などを見ながら、主治医の判断を聞く。医師は四〇代だろう。顎が張り、落ちついた口調で、つねに自信が満ちていそうな物言いだが、それが患者に安心を与えることもあるのだろう。

　ところが、彼は、

「あれ？」

　と、小さく声を口のなかで発して、メガネを額に上げ、画像に顔を近づけた。

「――あー。ちょっと、ありますね」

　やや声量を上げて、そう言った。

「なにが、ですか？」

　ただ、素朴な反射で聞き返す。

「肺に影があります。これ、転移だと思います。

　腹部は……。肝臓、あ、肝臓にも、ちょっと」

　耳を疑った。

「手術のとき、『リンパ節まできれいに郭清できたから、だいじょうぶです』って、執刀医の先生から言ってもらいましたが」

　相手をなじるような口調になるのを抑えきれずに、そう言った。

「がん細胞が、どこかに隠れてしまっていたんですね。科学的には、そういう説明になります」

　人ごとのように（実際、そうなのだが）、主治医は答えた。

　改めて来週にでも、ご家族にもおいでいただいた上で、執刀医から正式な診断の説明をさせるようにします、ということになった。それ以外のことは、ほとんど覚えていない。会計のところで、しばらく時間がかかって待たされた記憶が断片としてあるだけだ。

　いつのうちにか、有栖川公園のベンチに一人で座っている。

　陽は傾きはじめていて、盛りを過ぎた桜の花が散る。黒い池の水面に、花びらが風で寄せられ、浮いていた。

　五年半前の手術後、弓子が、まだ幼かった太郎を伴い、病室を訪ねてきたことを思いだす。

　そう、あのとき、太郎は軽トラックにひかれた子猫の話をしたのだ。さらに二年前の年少クラスでの保育中の事故のことを、あの子はまだ覚えていて、その話を持ちだしたのだった。

　そうするうちに、弓子も病室に戻ってきていた。手術後の傷はまだ疼いていたが、思いなおすと、ひさしぶりに親子三人で互いの顔をゆっくり眺められるような時間だった。

　あの子猫のことを、いまの、もうじき一二歳になろうとしている太郎がまだ覚えているかどうか、本人に確かめてみたことはない。

　――弓子とは、あのとき、那覇支局のころのことを話したな。

　とりとめもなく、有馬章は思いだす。

「レンタカーでドライブして、東海岸のほう、ずっと北のほうに走ったことがあったでしょう？」

　病室の窓から射す外光を背に、弓子が話していた。

「――どこかにクルマをとめて、ずいぶん深い山のなかをずっと歩いた。谷があって、その斜面がずっとずっと彼方までイタジイの森になっていて、真っ白な霧がどんどん湧くように上がってきた。これは、海風なんだって、あなたは言ったよ。湿った風が、南のほうからこの谷に入ってきて、山に当たって霧になる。だから、森はいつでも濡れている、って。ガジュマルの幹も、ソテツの実も。そういう山道を上がったり、下ったりして、越えていった。そうやって、浜辺に出た。

ウミガメが、卵を産みにきているところ。

あれは、どこだったんだろう？　夢のなかだったのかなと思うときもあるけど、きっと、ほんとうに行ったんだろうと思う」

「ヌーファの浜、というところ」ベッドのなかから、おれは答えた。「少し前までは、名前もない場所だったんじゃないかな。海は南に開いていて、浜は、東側にも、西側にも、すごく大きな岩場が切り立っている。だから、浜づたいには行けない。ウミガメだけ、海からやってくる」

「あのあとだったか。海辺の小さなムラで泊ったでしょう。空き家みたいな家を、鍵だけ渡して、安く貸してくれる人がいて。あそこは？」

「嘉陽という集落。何も覚えてないんだな」

「覚えてる」弓子は笑った。「ただ、名前で覚えていない。二泊したでしょう」

六歳になろうとしている太郎が、口をはさむ。

「どこ？　それ」

「沖縄っていうところ」

弓子が答えた。

「知らない」

「太郎が生まれる前のことだからね」

「おとうも、おかあも、あのころはそこでお仕事をしていた」おれも口をはさんだ。「そこで会ったんだ。そして、もう少しあとから、太郎が生まれてきた」

「とても静かな浜だったね。朝も、日暮れどきにも、ほかに誰もいなくて」

地名を使わずに、弓子がまた言った。

「嘉陽の海には、ジュゴンがよく来たそうだ」

「見えるの？」

と、弓子。

「見えない。海のなかにいるんだから。あとから、漁師が藻場の食べ跡なんかを見つけて、来てたんだな、と気づくんだろう」

「……ああ、そうか。感じてる、って、ことだね。真夜中でも、海のことを思うと」

——ともかく、家に帰ろう。あとは、それからのことにしよう。

公園のベンチから、有馬は立ち上がる。

新学期が始まれば、太郎も、もう六年生だ。きょうは、家にいるだろう。夕飯前に、近所の海岸あたりを自転車で走ろうと、誘ってみることにしよう。

そのあいだも、とくに話すことはないだろう。だが、胸はいっぱいになるだろう。ただ、あの子猫の話のときにも、こう言うべきだったか……。

覚えていてもいい。忘れてもいい。

そういうことを、おれは、おまえに言いたかった。

第Ⅲ章　暗い林を抜けて

1

この自分というものは、いったい何によってできているのだろうと、春田ゆかりは思うことがあった。いや、そんなふうに思いはじめたとき、彼女はすでに有馬章と結婚していたので、姓は「有馬」に変わっていた。一九九〇年、彼女は二五歳だった。

どんな行動を自分が取ろうと考え、何を嫌だと感じるか。どうすることが正しくて、反対に、何を悪だとみなしているのか。

いや、悪いことだと感じながらも、それをやりたい、と思うことはある。秘密というものに、これは属しはじめる。

秘密をたもつには、嘘をつく。けれども、これは、後ろめたい。自分の嘘がほころばないよう、絶えず心のどこかが緊張している。大事に思う人のことさえ、こうやって欺いていることが、さらに当人を傷めていく。

それなら、いっそ、ただ正直に生きるほうが、よいではないか。けれども、人は、そのように生き通すことなどできるだろうか？

洗面台の鏡の前に立ち、よくそんなことを考えた。

有馬章と春田ゆかりは、京都での学生時代、新聞学科の同級生だった。卒業に際して、有馬章のほうは、東京に本社がある大手通信社に記者としての就職を決めていた。一方、春田ゆかりも、実家がある東京に戻るかたちで、中堅どころの出版社への就職が決まった。一九八八年春のことである。

そのころの二人は、恋人同士だったわけではない。ただ、同じゼミの仲間として友人であるに過ぎなかった。

新人記者となった有馬章は、最初の配属先たる支局への着任前に、東京本社で一カ月あまりの研修期間があった。一方、春田ゆかりも、銀座のはずれにある出版社で三〇代主婦層向けの生活情報雑誌の編集部に配属されたものの、最初のうちは使い走りくらいしか、彼女にできる仕事はない。だから、彼ら二人は、東京でくすぶる大学時代のほかの仲間たちにも呼びかけて、早くも「同窓会」と称して、何度か続けざまに飲み食いの機会を持った。そんなあいだに、有馬章と春田ゆかりは、お互いになんとなく離れ難くなり、恋心らしきものが芽生えたという次第なのである。

もっとも、有馬章は、最初の配属先たる金沢支局に着任すると、どうにか仕事を覚えるだけでせいいっぱいという日々が続いた。サツ回りという新人記者のお決まりの試練が課されて、毎朝、県警本部に顔を出し、慌ただしく出入りする刑事たちに、すみません、何か事件とかあったでしょうか、と声をかけねばならない。そういうとき、気の利いたひと言でも発して、相手に顔と名前を覚えてもらわないことには、仕事にならない。こうした声かけを済ますと、そのあと五カ所ほど所轄の警察署をまわって、日々の事件を拾っていく。

夏が近づくと、高校野球地方大会の取材が始まる。さらには、選挙に向けた取材準備へと、駆け出し記者が慣れなければならない仕事が次々と続いた。

そもそも、相手から邪険にされるようなことを、あえてこちらから仕掛ける経験は、これまでの人生にはまったくなかった。仕事とはいえ、被害者の家族から迷惑がられるところまで、なぜこちらから踏み込んでいかなければいけないのか？　一日の取材が終わると、疲労とともに、自分まで薄汚れてしまったように感じる。ぐったりした体に、自己嫌悪と屈辱感が溜まっていく。ジャーナリズムは、みずからの権力性を絶えず自戒せねばならないと、学生時代の授業で繰り返し学んだ。なのに、いまの自分は、詐欺の被害に遭った老人や、わが子を交通事故で失った母親に、質問を浴びせて苦しめ、泣かせてしまう。この仕事におれは向いていない、と毎日思う。

春田ゆかりの声を聞きたいと思いながらも、仕事を終えて狭いアパートの部屋に戻ると、もう電話をかける気力がない。携帯電話など、まだなかった。電話に出る相手に対して丁寧に名乗って、当人に電話をかわってもらうだけの挨拶をするのも、億劫だった。

それでも、春田ゆかりは、入社後二カ月ほどが過ぎると、むしろ自分のほうから有馬章を励ましたいと考え、努力した。出版社への入社後二カ月ほどが過ぎると、雑誌編集の仕事の流れもおおよそ飲み込め、身動きが取れるようになってきた。そうなると、編集会議でも、自分なりに思いついたことは述べられる。力仕事にも彼女は強かった。スタイリストの助手を兼ね、髪をポニーテールに結んで、シャツを腕まくりし、アパレル・ブランドや雑貨店を終日めぐりながら、いくつもの大型のトートバッグに大量の洋服や小物類を借り受けて、編集部やスタジオに運び込むことができた。連日、その種の仕事をこなしながら、月に二度ほど、金曜夜に羽田空港から小松空港行きの最終便に飛び乗り、有馬が暮らす金沢の狭いアパートの部屋へと通っていく。

だから、毎月の給料は、形ばかりの額だけ実家に入れて、半分くらいは、こうした旅に費やしてしまっていた。まだ北陸新幹線など、影も形もない時代だった。

父親は、彼女が大学に入学したころ、病没していた。生きていれば、小言がうるさかっただろうな、と思う。だが、いままでは、四つ年下の妹が味方で、母親もおおむね鷹揚な態度をたもってくれる。母自身、会社勤めを長く続けてきた。だから、「ヒールのある靴は、わたしみたいに外反母趾になるから、だめ。踵がぺったんこな靴にしなさい」とか、「栄養とお財布のために、なるべくお弁当をつくりなさい」とか、むしろ日々の実務をこまかく言う。

若さゆえの体力を支えに、二年近く、こんな暮らしを続けた。その間に、仕事は幅を広げて、編集に加え、ある程度、書き原稿などもこなせるようになっていた。

　だが、こうやって就職からおよそ二年で、春田ゆかりは、金沢市の有馬章が暮らすアパートで所帯を持つことに決めている。つまり、東京での出版社勤務は、ほとんど未練も残さず辞めることにした。この仕事は、自分には忙しすぎる。世間から注目される雑誌の編集に携わることには、世界の一端に加わるような高揚感が伴う。だが、こうして隔週刊の雑誌が一号出るごとに、あとには何も残らず、自分ひとりが取り残されたような空しさも味わう。それよりは、有馬がいる金沢に行くほうが、喜びも現実的なのではないか？　と思えたのだ。


「自分」は、何からできているか？　この疑問が自分に取りつく最初のきっかけは、遡って考えてみるなら、大学三年の夏の終わり近くのことだったかと思う。

　春田ゆかりは三鷹の実家に帰省中で、そこに友人からの勧めの電話があって、大学在学中、このときにたった一度だけ、面白半分に「会社訪問」というものをした。あとから思えば、当時は景気のいい時代だった。そのせいもあって、まだ就職活動のことなど、ほとんど念頭になかった。だから、むしろ、これから取りかかる新聞学科での卒業論文の作成に、何か参考にもなるかと考え、銀座のはずれにあるという出版社への「会社訪問」に出向いてみる気になったのだった。

　訪ねた先は、大学の同じ学科での三学年先輩、藪君という人である。いまは、その出版社の書籍編集部にいると聞いていた。春田ゆかりが新入生のとき、新聞学科の有志が開いているという読書会を覗いたら、藪君がリーダー役だったのを覚えている。当時の彼は、痩せて、銀色のメタルフレームのメガネをかけ、神経質そうな顔だちの人だった。少し震える指で（緊張していたせいだろう）テキストをめくりながら、その口もとから、マルクスは、マクルーハンは、リュシアン・ゴルドマン、あるいはデリダあたりは……と、さまざまな人名が噴き出るようにこぼれていた。

　銀座の出版社を訪ねて、ガラス張りの棚に自社刊行の雑誌が並べられたロビーでしばらく待つと、藪君がエスカレーターで下りてきた。彼は、以前のようにブーツカットのジーンズにバスケットシューズという出で立ちではなかった。ストライプのシャツに、細身のソフトスーツを合わせて、青いセルフレームのメガネをかけていた。雑誌、書籍の各編集部があるフロア、さらに営業部や総務部も案内してくれてから、彼は、「せっかく後輩が訪ねてくれたんだから、きょうは夕食をごちそうしたい」と言い渡し、大通りに出てタクシーを止めた。行き着いたのは、青山の骨董通りの二階にある洒落た内装のタイフード・レストランだった。

　慣れた調子で料理をいくつか決めてから、藪君はワインリストに目を移し、何か、白ワインの欄にある銘柄を指さし、エスニック調のユニフォームを着た女性店員に注文した。そのあと、彼は、こんなことを言った。

「ここの呼び物はね、タイ料理のほかにもあって、ヨーロッパ、ソ連圏のワインの品揃えなんだ。どれも、民間の検査機関で放射能検査をパスしたものだけを確保して、サーブする方針を取っている」

　しばらく、彼が何を言っているのか、わからなかった。だが、ひと呼吸置くと、気がついた。

その年の春、ソ連ウクライナ地方のチェルノブイリ原子力発電所で、破局的な事故が起こっていることが伝えられた。すさまじい放射能を帯びた雲（プルーム）が、国境を越えて流れ、北欧の地衣類まで高濃度に汚染して、これを食物とするトナカイの体内をも冒し、万単位の頭数が殺処分されていく。

「このお店、ワインの検査って、何のためにするんですか？」

春田ゆかりは尋ねた。

「〝食の安全〟だよ」藪君は、満足げにグラスを口もとに運んでから、答えた。「これからの時代に、〝食の安全〟はキーワードになっていくと思う。だから、大切なゲストは、できるだけ、この店に案内しようと思ってるんだ」

「でも、世界中が汚染されていくなら、この店のなかでだけ、そんなことをしたって、意味ないのでは？」

「せっかく食べ物にお金を払うなら、そこに安全を求める権利がある。そういうことじゃないかなと」

「だとすれば、結局のところ、お金をたくさん払って安全なものだけ食べる人と、安くて危険なものを食べるしかない人とに、分かれてしまうことになっちゃうんじゃないでしょうか？」

タイ料理の店としては、盛りつけや食器はとても上品。そして、量は少ない。さらに、辛さは控えめだった。だが、春田ゆかりは、ごちそうになりながらも、こういうレストランは「悪趣味」だという憤りをつのらせた。

しかしながら、いま目の前に座る藪君には、むろん、そういう気持ちはないようだった。理屈としては、藪君の言うことのほうが、理には適っているように感じる。すべての人が、食に安全を求められれば、それに越したことはない。けれども、ほんとうにそんなことになるだろうか？一方、自分としても、どうして、この店を「悪趣味」と感じるか、すっきり説明できそうにはないのである。そして、ここにある、互いの通じなさに気づかされたことこそが、そのとき彼女にとっては衝撃だった。

――ただし、ずっとのち、このときのことを思い起こすと、彼女には気づくことがあった。あのときのタイフード・レストランの着想が「悪趣味」だったという気持ちは、いまも変わらない。だが、それにしても、そこでの自分は、なぜあれほど強い憤りを店と藪君に感じたのだろう？

あの店の商法は、いわば一つの偽善だった。いや、少なくとも、自分は「偽善」というふうに受け取った。

しかし、偽善というのは、「善」を装うことである。考えてみれば、あのとき藪君は、はなから「善」など唱えるつもりは、まったくなかったのではないだろうか。ただ、カネを出せる者が安全を取る権利があるのだと、そう主張しただけなのではなかったか。あのタイフードの店も、むろん「善」を主張するつもりなどなく、ただ、相応の代価を支払ってくれるお客さんには、安全なワインを供しますよと、それを売り物にしていただけだろう。だとすれば、彼らには、わたしと較べて、それだけ偽善の度合いが少ない。

いまは、ますます、そういう時代だ。あの手のタイフード・レストランなどに目くじらを立てるはずもない。わたし自身も、すでに半ばはそれを受け入れながら生きている……。

ともあれ、あのときでさえ、自己矛盾はついてまわった。

春田ゆかりは、結局、藪先輩に案内してまわってもらった出版社に、大学卒業にあたって就職することにしたのである。以来、およそ二年、そこの編集部で世話になって退職。金沢へと引っ越して、通信社記者として現地の支局に勤務する有馬章と結婚、所帯を持つという経緯をたどる。


ここで子どもを生み、育てるのもいいかな、と考えた。二五歳で有馬章と結婚し、彼の最初の支局勤務先、金沢で暮らしはじめたころである。

「奥さん、金沢の町は実にいいところでしょう。古い町ですから、いくらか面倒なところもあるかもしれませんが、じきに慣れます。

浅野川と犀川、豊かな水量の川筋が、二本も町なかをつらぬいて、背後には水源の白山山系がそびえている。だから、水がうまい。酒を醸すと、さらにうまい」

引っ越しが終わるのを見計らい、支局長の岸井さんが自宅で歓迎の夕食会に招いてくれた。早くに妻を亡くしたとのことで、一人暮らしで、料理も上手な人だった。「奥さん」と呼ばれたのは、これが初めてではなかったか。半白の口ひげを指でひねって、しゃがれた声で彼は笑った。

「――泉鏡花、室生犀星、この二人が描いた郷里・金沢は、いまでも道しるべになります。それからね、中野重治なんかも、四高時代は金沢です。若いころの一時期の五木寛之も。私が学生のころは五木に憧れてね、夜行列車で来たもんです。ただ、ここの街をぶらぶら歩いて、彼が通ってたっていう喫茶店に入ってみたりね。

記者稼業というのは、有馬君みたいな若手のあいだ、しばらく支局から支局へ、異動が続く。これは、ご家族としても面倒ですが、いまのうち赤ん坊が生まれても、うまくしたもので、子どもが小学校に入るころには、勤務地も落ちつきます。本社勤務に戻ってからは楽になりますよ」

それもいいかな、と思いもした。子ども一人を、いまのうちに生んで育てられれば、中学卒業で手がかからなくなるころ、自分はまだ四〇代に入ったばかりである。そこから先にも、新たな道が開けていきそうに思われた。

初夏の日曜日の日暮れどき。その日は、章も仕事が休みで、中心地の香林坊に出て、街の高みにできたカフェのテラスでビールを注文し、ふと、そんな思いつきを彼に漏らしたことがあった。

「おれ、まだ、子どもはいらない」と、屈託のない笑顔で、彼は答えた。「ここの支局に来てから二年あまり、ずっと、自分のことこそ、なんだか子どもみたいに感じてる。半人前のまま、ペースってものがつかめない。もどかしいんだけどね」

おれ、子どもは好きだよ。だから、いずれは、持てればいいなと思ってる。だけど、せっかく二人で暮らしはじめたんだからさ、もうちょっと、こうしていようよ。二人でいるあいだは、どこにでも行ける。インドの下町でも、アマゾンのジャングルでも……。赤ん坊ができたら、そうもいかないだろうから、いまのうち、いくらかは行っておきたい。

うん。……それもいいかな。

と、答えておく。

章は、さらに言う。

「おれね、外信部を志望することも、ちょっと考えている。せっかく通信社に入った以上、特派員、やっておきたいな、とも思うし。いずれ、もうちょっと一人前の仕事ができるようになれば、の話だけどね」

「え、そうなの？」

ゆかりには、初めて聞く話である。

なるほど、朝の出勤前の時間などに、彼はＦＥＮの英語ラジオ放送などをつけっぱなしにしていることが多い。雑音が多く、眉根に皺を寄せ、どうも金沢じゃあ電波の入りが悪いな、などとこぼすことがある。

米軍基地がないからじゃない？　喜ぶべきことかも、と言い返すと、黙っている。

加えて、章は、毎週土曜夕方、金沢駅近くの英会話教室でのレッスンには、仕事にも都合をつけて、欠かさず通えるように努力している。だから、彼自身としては、外信部を希望する気持ちは、おのずと、ゆかりにも伝わっているつもりでいたのかもしれない。

だが、彼女にすれば、外信部記者の女房として海外の見知らぬ土地に同伴していく自分が、果たして何をするのか、想像できない。それを彼は気にもかけないのか、と不満な気持ちも兆す。

「海外赴任って、わたしもついていくの？」

いくらか棘を含ませ、尋ねてみる。

「そりゃあそうだろう」棘にさえ気づかず、しれっと彼は答える。「そのための手当も、ちゃんと付くんだから」

「わたし、そこで、何をするわけ？」

彼は、まずかったかと気づいて、少し頬がこわばる。

「そりゃあ……、何かやりがいを見つけることだろうね」

金沢での彼女の暮らしは、一〇カ月足らずで終わる。翌九一年春、夫たる章の長崎支局への転属が決まると、すぐに二人は転居準備に移らねばならなかった。

まだ多くはない台所道具や食器類を一つずつ新聞紙でくるんで、段ボール箱に詰めていく。笑みがこぼれ、やがて、涙もにじんでくる。

2

一九九〇年九月。英国の宇宙物理学者スティーヴン・ホーキング博士が来日し「ブラック・ホールとベビー・ユニヴァース」(Black Holes and Baby Universes) と題する講演を行なった。このとき、彼は四八歳だった。

一九六〇年代、彼は学生時代にＡＬＳ（筋萎縮性側索硬化症）を発症、その症状は、じょじょに進んでいく。一九八五年には、ついに肉声を完全に失った。その後、コンピューターを用いて重度障害者向けに開発された通信プログラムと音声合成装置のサポートを通して、原稿執筆や講演を行なえるようになっていた。

東京での「ブラック・ホールとベビー・ユニヴァース」講演の冒頭、こんなふうに彼は話しだす。

《本物のコンピューターによる講演を聴くのは、皆さんにとって、これが初めてかもしれません。しゃべるコンピューターが出てくる『2001年宇宙の旅』のようなSF映画なら、観たことがあるでしょう。でも、そうした映画は、まさにごまかしで、コンピューターの声は人間が話しています。コンピューターによる音声合成装置が、まだ映画やテレビで使えるほどの域には達していなかったからです。しかし、音声装置は、いまやたいへんな進歩を遂げました。抑揚を使いこなして、「ダーレク」（英国BBCのテレビドラマ「ドクター・フー」に登場する地球外生命体）とは違う、本物そっくりの人間の声を私に与えてくれています。一つだけ困るのは、米国人ともスカンジナビア人ともアイルランド人ともとられるようなアクセントを、私にもたらしていることです。》（一九九〇年九月五日、東京・朝日ホール）

一九八五年にホーキングが肉声を失ったのは、欧州原子核研究機構の会議に出向いたスイスで重篤な肺炎を発症し、人工呼吸器を装着したことからだった。病院の医師団は、症状の重さに生命維持装置を外すという判断に傾いたが、妻のジェインが強く断わり、ホーキングは傷病兵輸送機で英国に運ばれて、ケンブリッジの病院で感染症は食いとめられた。だが、そのさい気管切開を余儀なくされて、これによって発声の機能を失った。

ただし、こうした事故がなくとも、このころ彼のＡＬＳの症状は進んで、発音は不明瞭で呂律が回らず、よく知った相手にしか話が通じなくなっていた。科学論文は秘書に口述筆記を頼み、セミナーでの講義は通訳の助けを介していた。

肉声を失ってから、しばらくのあいだは、示されたカードから文字を選んで、まなざしでそれを指し、一つ一つ単語を書き取ってもらうのが、唯一の意思伝達の手段だった。

そのうち、彼の窮状を聞き知った米国のコンピューター技術者が、手もとのスイッチの小さな動きで単語を入力できるプログラムを提供してくれた。さらには、メガネに組み込んだ超小型の検知機が、頰の動きを読み取って、コンピューターに指示を出すプログラムも。これによって音声合成装置を作動させれば、講演も行なえる。こうしたプログラムの初期ヴァージョンは、このコンピューター技術者が、ＡＬＳの進行によって書くことも話すこともできなくなった義母を助けるために開発していたものだった。

以上のような経緯をたどりつつ、ホーキングは、彼の「ブラック・ホールとベビー・ユニヴァース」理論の考察を進めていく。つまり、自分の言葉と思索が、病状の進行していく身体に完全に埋没しかねない瀬戸際で、彼は、こうした新しい宇宙像に思いを巡らせた。ここには、天体と人体という、古代以来の二つの宇宙像をつらぬく照応関係が続いていた。

なお、スティーヴン・ホーキングと妻ジェインは、彼のALSの症状が進行しはじめた学生時代の一九六五年に結婚。二年後に長男、その三年後に長女が生まれ、それからさらに九年後に次男が生まれた。片ときも目を離せない病状を、ジェインによる全身全霊の助力にささえられ、ホーキングは業績を重ねていく。だが、一九七九年、次男ティムの出産後、ジェインの鬱病が悪化する。

ホーキング自身は、これについて、こんなふうに書く。

「私の余命いくばくもないことを思い、遺された母子を扶養して、ひいては再婚相手ともなってくれる誰かを求める心の屈折だ。ややあって、ジェインは作曲家で地元教会のオルガン奏者、ジョナサン・ジョーンズと知り合い、家の一室に住まわせた。穏やかではなかったが、私自身、先は短いと思っていたし、死後、誰かに子供たちの面倒を見てもらわなくてはならないとあって、強く出るわけにはいかなかった。」（『ホーキング、自らを語る』）

この記述が、どの程度の公正さを保っているかはわからないが（というより、こうした個人生活においては、当事者の数だけ真実がある）、重い肺炎に陥ったホーキングが、ジェインの強い意思表示によって、生命維持装置を外されることを免れ、生命を長らえることができたのは（一九八五年）、これに続く時期のことである。それを思うと、夫であるホーキングという人物の命を保つために、どれほど過酷な重圧が、この一人の女性の半生にのしかかり続けていたかは、ある程度の想像ができる。

ともあれ、このあと、ホーキングは、「ジェインとジョナサンが日増しに深い仲」になっていくことに耐えかねて、一九九〇年、長年世話になってきた看護師のエレイン・メイスンに伴われて、自宅を出奔する。エレインは、すでに長じている二人の子を持つ女性だった。その後、一九九五年に、ホーキングとエレインは結婚する。ジェインとジョナサンが結婚した九カ月後のことだった。

このエレインからも、献身的な助力を与えられ、ホーキングは何度も生命の危機を脱する。そして、ここでもエレインの精神的負担の連続は、ついに限界を越えて、二〇〇七年、彼らは離婚する。

こうして、ホーキングは、それ以後、家政婦を頼んで一人暮らしを続けて、二〇一八年三月、ケンブリッジ大学近くの自宅にて、七六歳で没する。

つまり、彼は、人生の三分の二以上の時間を車椅子の上で過ごしたが、さまざまな献身を集め、また、社会的な貢献も果たし、さらには、健常者に勝るとも劣らぬ世俗的な起伏もひと通り味わって、その生涯を終えたのだった。

有馬章と妻ゆかりが金沢から長崎に転居するのは、ホーキング博士が東京で「ブラック・ホールとベビー・ユニヴァース」の講演を行なってからおよそ半年後、一九九一年四月初めのことである。ホーキングが用いる重度障害者向けの通信プログラムのための機材は、当初のデスクトップ・コンピューターから車椅子に装着できる小型パソコンへと進化していた。だが、通信社の記者たちが書く記事は、まだ手書き原稿とワープロ原稿が半々という状態だった。それをファクスで送る。まだ、電子メールに添付してファイルで送る、ということはなかった。

　長崎に引っ越して半月ほどが過ぎたころだったか。彼ら夫婦が借りた2LDKのマンションは、長崎くんちで知られる諏訪神社近くの坂道の途中にあった。段ボール箱などに詰まった引っ越し荷物もあらかた解き終えて、近所の商店街やスーパーマーケットへの買い物にも、不自由を感じなくなったころだった。

　昼前にリビングの電話が鳴り、有馬ゆかりが受話器を取ると、男の声がいきなり「ゆかりちゃん？」と尋ねた。ぎょっとしたが、聞き覚えのある声のように思えて、「……どなたですか？」と、警戒しながら声低く尋ねた。

「おひさしぶり、藪です」

　男の声は答える。

ああ、たしかに。と、ゆかりは思う。大学時代の先輩で、以前に勤務していた出版社入社にあたっての恩人、藪君の声だった。退社後、およそ一年になる。転居通知は出したので、それを頼りに電話をくれたのだろうと思われた。

「――急なんだけど、来週、長崎出張があるんだ。そのとき、会えないかな？　君に頼みたい仕事があって、相談できればありがたいんだよ」

　何か、仕事は見つけなければと思っている。わずかな期間だったとは言え、経験がある仕事は雑誌編集だけである。もし藪君が仕事をくれるなら、なおのこと、ありがたい。だから、週明け、火曜日午後二時に、長崎駅近くのホテルのロビーの喫茶店で、待ち合わせの約束を入れた。章にとっても、藪君は同じ大学の学科の先輩なので、彼が帰宅したら誘ってみようと考えた。

その当日、藪君は、浅草名物「雷おこし」を手土産に、ホテルのロビーで待っていた。ダークグレーの仕立てのいいスーツを着て、黒のセルぶちメガネをかけていた。章も来るには来たが、あわただしく三人で顔を合わせただけで、コーヒーを飲み干して、支局へと引き上げていった。明日の朝刊に間に合うよう、出稿を急がなければならない記事があるから、とのことだった。

以前に有馬ゆかりが配属されていた生活情報雑誌で、この春から、藪君は副編集長をつとめているのだという。二九歳としては、かなりの出世の早さだろう。君に頼みたい仕事というのも、これに関係してのことなんだけど——と彼は用件を切り出した。

「ディープな長崎旅行のムックを作りたいんだ。ここには、キリシタン関係の天主堂とか、中華街とか、よそにはない観光資産が全県にわたって散らばっている。それから、来年春には、ハウステンボスっていう大規模なテーマパークが佐世保にオープンする。つまり、これからは長崎が、国内観光を引っぱっていく重要なエリアになっていくと思う。ところがさ、それに合ったタイプのガイド本が、まだ作られていない。

そこで考えた。うちの雑誌は隔週刊だろう？　だから、一年間、長崎ものの連載を続けていけば、毎回ユニークなテーマを設定しながら、二五回分、トピックを作れる。これだと、直接ムックにするより、予算もつけられる。写真だって、全部、撮り下ろしで通せる。

これのライターをね、ゆかりちゃんに頼みたいんだ。撮影は、地元のカメラマンで目星はつけてある。ドライバーも兼ねてもらわなきゃならないから。つまり、ライターのゆかりちゃんと、カメラマンの彼、地元勢二人のコンビで、一年間、この仕事に取り組んでほしいわけ。あとでムックにもするわけだから、取材はたいへんだと思うけど、そこそこ実入りのいい仕事にはできるだろう」

せっかくの長崎住まいなのだから、地元の歴史や文化について、勉強ができればいいなと思っていた。「記者の妻」では終わらないことを何かやりたい。

「わたしに、できるのかな……。でも、やってみたい」

「できるさ。まずは、連載二五回分のトピックとして、どんな項目の立てかたをすればいいか。いまここで、ちょっと考えてみないか？　とりあえず、思いついたところを片っ端から書き留めてみるだけでいい」

そう言うと、藪君は、すぐに小型ノートを取り出し、ある程度は腹案を用意していたのか、もうボールペンで書きはじめている。

- 長崎旧市街の四季
- 唐寺（とうでら）と新地中華街
- ハウステンボスとオランダ村
- 長崎の天主堂めぐり
- 遣唐使と五島列島
- 造船業の長崎

・ナガサキの原爆体験
・かくれキリシタンの現在
・国際港ナガサキの四百年
・平戸、世界に開かれた小さな島
・食文化から長崎を考える
・軍艦島、長崎の炭鉱
・島原の乱を歩く
・対馬の自然
・壱岐の古代文化
・大村湾とキリシタン大名・大村純忠
・佐世保と日本海軍　……

「そうか、対馬や壱岐も、長崎県なんですね」

　と、有馬ゆかり。

「うん。ただ、そこは考える余地があるかもね。とくに対馬は、明治期に長崎県に編入されるまで、長崎とは縁の薄い地方だったと思う。船便も、博多や北九州と結ばれていたところだから」

「壱岐は？」

「壱岐は、江戸時代には平戸藩なんだ。だから、対馬よりは、長崎と縁があったと言えるだろうね」

「詳しいんですね。長崎方面」

「いや、この企画を思いついてから、にわか勉強しただけなんだよ」

ノートから目を上げて、藪君は笑った。


五月のゴールデンウィーク明け、こうした経緯で、カメラマン兼ドライバー担当の男との顔合わせがあった。そのときには、もう一度、藪君も長崎までやってきた。カメラマンは、石川順一という名で、長身に頬ひげを生やし、ジーンズにカメラマンベストという、お決まりのような格好をしていた。いま三四歳、ということだった。

「どうぞ、よろしく」

やや低い声でそう言うと、ひと呼吸置いて、

「――こうしろ、ということがあったら、何でも言ってください。そのほうが、こっちもやりやすいからね」

広い瞼から黒目がちな視線を上げて、にやっと笑った。

長崎の生まれ育ちで、高校を卒業後に東京の写真学校を出て、しばらくフォトジャーナリストの助手をしたことはあったが、二六でそれを辞め、長崎に戻ってきた。

「長崎だと、ときどき東京の出版社からもこの手の仕事で声がかかったりして、なんとか食ってはいけます。気楽だしね。ヨメにはパート仕事に出てもらったりして、共稼ぎでなきゃ無理です

けど」

高校時代の同級生と結婚し、今年から娘が小学生なのだという。

進行のアウトラインは、藪君が仕切った。

――連載は、今年の九月初めから、一年間の予定でスタートする。来年の年末前には、それを一冊のムックにまとめなおして刊行したい。

雑誌連載には、毎号四ページを充てる。目安としては、このうち一ページ分が文章で、三ページ分が写真とキャプション、といったところかと思っている。A4変型判の雑誌なので、毎回の文章は、四百字詰原稿用紙でだいたい五枚程度と考えておけばいいのではないか。文章ページは、各回のコンセプトが前面に出てくるような「読み物」と考えてもらいたい。

有馬ゆかりに対しては、文章ページのライターとしての役割だけでなく、取材先とのアポ取りなど、現地での編集者役についても任せたい。写真の掲載点数も多くなるので、撮影にはけっこう手数がかかるだろう。当面のスケジュール設定については長崎在住の二人に任せるが、八月に入ると入稿が始まるので、いまのうちに週二回ほどのペースで取材に回りはじめておくほうが、あとが楽になるのではないか。一テーマずつ仕上げていくより、並行して、そのときどきでやれる撮影や取材から押えていくと、天候や先方の都合に振り回されずに済む。そのためには、いまのうちに全二五回分の大まかな企画内容を詰めておく必要がある……。

といったところだった。

五月なかばに近づき、梅雨に入る前にと、有馬ゆかりと石川順一による取材行が始まった。石川は、いつも仕事には、自家用のワゴンのハイエースでやってきた。脚立や照明用具など、撮影に必要な機材類いっさいを車体後部に積んである。まずは長崎市内の可能なところから押えていこうと、午前中から取材先をまわりだす。

最初の取材は、江戸時代初期から唐大通事（中国語通訳の筆頭格）などをつとめた家の子孫を訪ね、先祖の肖像画を撮影させてもらった上で、話を聞くことだった。初代にあたる人は、中国福建省から渡来した明末期の中国人で、画幅のなかでも、唐服を着て、椅子に座っている。

先祖累代の墓所があり、いまでも掃除に出向きます、と教えられ、同行させてもらって、そこも撮影する。寺の裏山に、傾斜の上のほうまで、古い墓所がずっと続いている。うちのは、いちばん上のほうです、と告げられて、墓地の小道をたどって上っていく。周囲の墓石には、その傍らに、もうひとつ、小さな自然石などが寄り添うように立てられていることが多い。「土神」という字が、そこには彫られている。

「あれは、なんですか？」

有馬ゆかりは指さして、石川順一に尋ねた。

「……ああ、ツチガミさま」

呟くように答えて、彼は、首から下げた6×7の一眼レフカメラをときおり構えてみながら歩きつづける。もう少し説明をしてくれるものかと、有馬ゆかりは並んで歩きながら待ったが、彼にその気はないようだった。

「この土地の神さま、ということのようです」

唐通事の子孫にあたる四〇過ぎの小柄な男性が、見かねたように言葉をかけてくれた。いまは自営の菓子職人である。何代か前から、家業はカステラの老舗として続いてきたのだが、あまり売れない世相となった。そこで、この人は京都の洋菓子店に修業に出て、洋菓子職人となっている。このごろは、子どもにサヴァランを食べさせたらラム酒が入っているじゃないか、と苦情を言ってくる親がいたりで、いやになりますと、こぼしていた。

「――自分たちのお墓をここに造って、神さまから土地を借りるんだから、その神さまもお祀りしておくんだ、と。うちの死んだばあさんから、そんなことを聞いたことがあります」

昼前のうちに、もう一カ所、長崎駅近くの丘の上、福済寺というところに向かった。白亜の巨大な観音像が、丘の高みに立っているのが遠いところからでも望まれる。ちょっとそれが不気味で、長崎に越してきたころから、あれは何なのだろう、と有馬ゆかりは思っていた。

もとは、江戸時代初期、福建省の泉州や漳州などから来航した中国人によって創建された由緒ある「唐寺」の一つなのだという。大書院は、浙江省から来航して長崎の唐人屋敷に滞在した清人の画家、沈南蘋（しんなんぴん）の絵で壮麗に飾られていた。ところが、それら大規模な伽藍は一九四五年八月九日、長崎に投下された原爆で、すべて焼亡してしまった。この付近は爆心地からはいくぶん距離があるのだが、原爆投下からやや時間を置いて、午後になって火災が広がったのだという。

かつての大雄宝殿（本堂）跡に、いまは巨大な亀の形を模した霊廟が新しく建造されて、その屋根の上に高さ一八メートルの「長崎観音」が立っている。しかも、この観音像の内部は空洞で、頭頂部から、その体内に長い吊り糸が垂らされ、それは一階の霊廟内陣の床をもつらぬいて、地下室に達している。そして、糸の下端には、重さ三二キロあるという、直径五〇センチほどの金色の球がぶら下がる。

無人の地下室で、金色の球が、長い長い糸に吊り下げられて、ぶらーん、ぶらーんと、揺れている。これは、地球の自転を証明する「フーコーの振り子」なのである。振り子の下の床面には、分度器の目盛りが記されている。じっと観察していると、振り子の振動面は、一時間におよそ八度ずつ、右回りに回転していくという。こうした振動面の回転が、一九世紀なかば、フランスの物理学者レオン・フーコーによって、地球の自転を証しだてるものとして見出された。

つまり、この「長崎観音」——「巨大な亀の形の霊廟」——「フーコーの振り子」をつらぬく吊り糸の揺れは、いわば普遍性への回路となって、世界平和への大願に達していくということか？

午後には、新地中華街で振興組合理事長もつとめる中華料理店のあるじが、店の休憩時間を使って、インタビューに応じてくれることになっている。

それに先立ち、中華街の別の店に入って、遅めの昼食を済ませておく。石川順一はちゃんぽん、有馬ゆかりは太麺の皿うどん。石川は、額に汗の玉を浮かべて、大きく口を開け、箸から吸い込むように、ちゃんぽんの麺を頬張る。

「この皿うどん、おいしい」

と言ってから、有馬ゆかりは、石川に尋ねる。

「――地元の人も、ちゃんぽん、よく食べるんですか？」

「食います」

食べる動作を止めずに、石川は真顔でうなずく。

「――おれは好きだから、ほとんど一日一回は食いますね。皿うどんは、週に一、二回かな」

インタビューを申し込んでいる中華料理店主の林さんの店は、中華街北門のそばである。

五〇を過ぎたばかり、メガネをかけた穏やかな表情の人で、午後の休憩時間にかかって、お客のいない店内の赤い丸テーブルに案内してくれた。営業時間中には白衣で厨房に立つのだろうが、いまは、白髪まじりの髪を七三に分け、柄入りシャツにスラックスと、休日の会社役員といった感じの出で立ちである。二〇代なかばで中国国籍から日本国籍に帰化したとのことで、いまは「リン」さんではなく「はやし」さんである。

大正時代の終わり近く、中国・福建省生まれのお父さんが、一六歳のとき、上海―長崎間に開かれた航路で「上海丸」という船に乗り、単身、仕事を探して日本に渡ってきた。先に姉が長崎に来ていたが、その人の足は纏足（てんそく）で、よちよちと幼女のような歩き方だった。

当時は、三刀業（三把刀）と言って、中国大陸から九州地方に渡った出稼ぎ者は、刃物を使う三つの職業――料理人、理髪師、仕立屋――のどれかに就くのが通り相場だった。林さんの父も、反物の行商をして、リヤカーを引っぱり佐賀あたりまで歩いていた。道みち、訪ねる家の使用人がいやがるような汚れ仕事も引き受けた。そうやって一〇年ばかり働き、二六歳で、飽の浦（あくのうら）に小さな食堂を開いた。いまの新地中華街から見ると、長崎湾の対岸である。そのころ、五島列島出身の日本人の娘と知り合い、結婚しようと決めている。

林さんは、両親のことをこのように話した。

「長崎の華僑は、妻が日本人ということが多いんです。だけど、当時、うちの母みたいな、当の日本人女性は、たいした度胸だったんだな、と思います。故郷の五島で、自分たちの娘が中国人と結婚するなんて聞いたら、きっと、親たちは腰を抜かすほど驚いたでしょう。

母の実家は、熱心なカトリックの家なんです。たまたま、父も、当時の中国人には珍しくカトリックだった。二人は、結婚のため、大浦天主堂に二年間ほど通って勉強して、それで式を挙げてもらって結婚した。飽の浦から、大浦までだと、長崎湾をぐるりと回って、ずいぶんある。そのあと、二度ばかり場所を移しながら、食堂を少しずつ大きくした。終戦前には、もう、この新地で店を開いていたんです。ぼくはね、一九四〇年生まれですから、ほとんどここの育ちですね」

――ということは、原爆が落とされたときには、ここにおられたのですか?

緊張したが、聞いておかないといけないと感じて、有馬ゆかりは尋ねた。背後で、石川順一が立ち位置を変えながら林さんにカメラを向けているらしく、続けざまにシャッター音が聞こえる。

「そうですね。五歳のときでした」

うなずいて、表情を変えるでもなく、林さんは答えた。

「――この新地界隈は、原爆の直接の被害は少ないんです。爆心地の浦上のあたりは、川づたいに、谷のような形に開けた土地になっとるでしょう? そこからの爆風が、このへんまで来ると、長崎湾に抜けてくれたからなんでしょうな。

　ところが、ちょうどそのとき、われわれ子どもらは、おふくろに連れられ、あべこべに本原のあたりに疎開しておったんです。あそこらは、爆心地から一キロほどしかありません。

　原爆が落ちるのが、朝一一時ごろでしょう。あのときは、兄と姉とぼく、子ども三人で、おふくろといっしょに山に行って、大きな樹と樹のあいだで木陰になるところにゴザを敷いて、トランプ遊びをやっとりました。ピカッと光ったと同時に、どっかーん、と、ものすごい音でした。気づいたときには、あたりは焼け野原でした。

　自分らは、焼けずに済んだ。われわれがおったところが、うまい具合に大木の陰になっとったんでしょう。ただ、姉は倒れてきた樹に打たれて、頭が割れてね、ひどく血を出していました。洋服まで真赤にして立っている。

　熱い焼け野原を逃げてまわりました。地面が熱いんですから、それこそ、跳びながら。おおぜい、そこらで死んでるんです。それで、やっと防空壕に入ると、死体でいっぱいだった。何があったか、わからん。ですから、死体のそばに隠れとった。そうすると、『生きている人間はこんなところに入っとったら、いかん。生きた人間は外に出なさい』と声がかかった。それでも、おそらく、そこで一晩明かしたんだと思います。

　翌々日あたりに、一面の焼け野原を歩いて、こちらの新地の家のほうに帰ってきた。四キロほどあります。ところが、帰ってきたところで、おふくろが、体に巻きつけていた全財産を落としてきたと気づくんです。戦争中だし、銀行や郵便局に預けたら、どうなることかわかりませんから、現金で持っとったんやね。おふくろは、みんなが止めるのも聞かずに、落としてきたものを見つけてくると言うてね、もと来た焼け野原のほうへ、捜しに戻ったんです。そして、ついに見つけて帰ってきました」

——林さんご自身には、被爆による症状とか、現われずに済んでいるんですか?

口をはさんで、有馬ゆかりは尋ねる。

「ええ、ぼく自身は、なんともないんです。爆心地近くで被爆した者には、特別被爆者手帳というのがありましてね、それを持ってはおったんですが。いまでも、手帳はあります。ただ、兄貴は、小学校五年生のとき、血を吐いて死にました。原爆症だと、医者は言っていました」

——ご家庭では、一般の日本人の家と違った習慣など、ありましたか?

「ぼくは、小学四年生までは中華学校に通いました。でも、家のなかに中国的な風習は何もなかった。父も、近所のおじさんとたまに福建語でしゃべっている程度で、家のなかで中国語を使うことはなかった。長崎は、三百年前は、六万人の人口のうち一万人が中国人だったそうです。ですから、いまでも、中国人のことは『外国人』と考えていないようなところもありますしね。

ただ、ぼくは、二〇歳を過ぎたあたりで、日本国籍を取ることを考えました。中国籍のままだと、実に不便なんです。国家試験も受けられなかった。商売のために国の融資を受けようとしても、国籍が違うと、だめですから。だけど、当時、日本国籍を取るのは、たいへんでした。三年がかりの手続きになります。

日本国籍を取ろうかと最初に考えたとき、父にそのことを話すと、『祖国がそんなに嫌いか』と泣かれました。あ、そういうことを考えていたのかと、これには、ちょっと驚きました。ぼくらは、やっぱり商売人ですから、いちいち口に出さない。父の場合も、言葉に出すことと、胸の内で考えてることは、違っていたと思う。ぼくが日本人の女性と結婚すると言ったことにも、父はいくらか不満そうでした。自分の女房は、日本人なのにね。ぼくの女房もカトリックなんです。彼女の実家のあたりは、がちがちのカトリックの土地柄です。だから、おふくろは喜んだ。ぼくも結婚のときには教会で勉強をしました。

親父は、五七で死ぬ。一六で日本に来て、一度も福建には帰らなかった。そのころ日本にいた華僑は、戦後も、みんな中華民国のパスポートでしょう。中共と日本とはまだ国交回復ができていなかったわけだから、帰れないいんです。

ぼくが日本国籍を得たのも、親父が死んでからのことになりました。華僑は、先祖を大事にしますね。それから、仲間を大事にする。結束力が強い。ひまさえあれば、どこかで何人かで集まっておしゃべりしている。それをずっと見て育ったんです。だから、国籍が変わっても、ぼく自身の気持ちはまったく変わらない。

ただね、周囲は帰化には反対だったでしょう。直接には、とやかく言わないけれど、陰ではずいぶん言われた。だけど、ぼくらみたいな若い世代の者は、本音のところでは、みんな帰化したいわけです。ですから、そうやって帰化したのは、ここらではぼくが最初だったけれど、それからあとは、みんながするようになった。

ぼくの場合だと、郷里は長崎。あと、母方の五島。もし、機会があるなら、福建にも一度は行ってみたいな、という程度ですね。

うちの墓はね、稲佐の国際墓地にあります。長崎の華僑は、ほとんどが墓はあそこです。唐人墓地と呼ばれる一角ですけど、うちの墓にだけ、十字架が刻んである。ええ、そうですね。いまも、長崎の華僑で、こういうのは、うち一軒だと思います」

長崎湾の対岸側、稲佐の悟真寺にある国際墓地を、このあと訪ねた。

一七世紀初頭、当時の長崎でまだ唯一の仏教寺院だった悟真寺に、中国人のための墓所が設けられた。やがて鎖国政策の確立後、出島に住むオランダ人の墓地も、ここに集められるようになった。幕末には、ロシア人墓地の区画も作られた。続いて、ポルトガル、フランス、イスパニア(スペイン)、米国、インドなど、さまざまな地域の出身者が、ここの墓地に葬られていく。林さん一家の墓所は、唐人墓地の斜面のかなり高いところで、たしかに十字架が墓石に刻まれているのを見つけることができた。

日暮れを待って、稲佐山山頂へと、ロープウェイで登った。長崎市内を見渡す夜景を、石川順一は撮影し、その日、二人はそれぞれの家に帰ってきた。

取材を幾度か重ねるにつれ、有馬ゆかりには、カメラマンの石川順一が、最初の印象以上にタフな働き手であることがわかってきた。彼女が取材相手にインタビューしているあいだも、石川は絶えずポートレートのシャッター・チャンスを狙っている。一件の取材が終わり近くに差しかかると、石川は機材の片付けを済ませて、ハイエースの運転席に乗り込み、待機している。移動中に、何か撮影しておくべき風景などを見かけると、クルマを停め、カメラバッグや三脚を荷台から引きずり降ろして、被写体の方向へと駆けていく。

昼食どきは、言葉かず少なく、たくさん食う。食堂で、ちゃんぽんとメシ、といった注文のしかたをする。食べ終えると、便所に立ち、支払いなどは編集者役を兼ねる有馬ゆかりに任せて、そのままクルマのほうに出ていく。

夜、有馬ゆかりは、勤めから帰った夫の章を相手に、そういった石川順一の働きぶりについて話す。ときどき笑い声も立て、章は話を聞いている。きょうは、三菱重工造船所の撮影に行ってきた、神ノ島教会の撮影と取材も済ませてきた、といったことも話した。章のほうも、「おれも一度くっついて行ってみたいな」などと言いだすときもあった。

だが、有馬章の仕事のほうにも、緊迫が加わりはじめた。五月二〇日、ゆかりが四度目の取材行から戻って、少し遅めの夕食の支度にかかっていたときである。九州北部は例年より早く梅雨に入って、雨模様が続いていた。

夜七時を過ぎたころだったたか、リビングの電話が鳴った。出ると、章からだった。いつもより、かなり早口な声だった。

「いま、島原なんだ。テレビ見た？」

と、彼は言った。

「見てない」

と答えながら、雲仙普賢岳のことかな？　と頭をよぎった。
前年の晩秋ごろから、雲仙普賢岳の火山活動が活発化している、という報道が増えていた。こ
とに、章が長崎支局に転属してきた今年四月以後は、再噴火が拡大している、とも伝えられた。
さらに数日前、五月一五日には、降り積もった火山灰などが一挙に押し流される土石流が水無川
に発生し、付近の住民に初めて避難勧告が出された、という報道があり、章も現地に出向いたよ
うだった。けれども、有馬ゆかりにとっては、それらはまだテレビ画面のむこうを行き交うニュ
ースの一つに過ぎなかった。
「――きょう、うちの社で、普賢岳の上にヘリを出したんだ。すると、山頂あたりの火口に、で
っかい溶岩ドームってものができていることがわかった。これ、相当、やばいらしいんだ。
いま、島原市のホテルのロビーの電話なんだ。そう、国道沿いにある。とにかくワンフロアを
うちの社で借り切った。これから、福岡とか本社からの応援部隊を受け入れないといけない。ま
た電話する。今夜は帰れない」
それだけ話して、電話は切られた。
雨が続いて、前日も、この日も、また翌日も、島原の水無川では土石流が発生した。
章は、これから二晩、帰宅しなかった。二二日の夕刻、帰ってきたが、疲労と緊張が入り混じ
った表情をしていた。風呂に入り、混乱した現地の様子をぼそぼそと話しながら食事して、ひと
晩寝て、翌朝早く、また島原に向かうため、着替えなどを詰めたボストンバッグを片手に自宅を
出ていった。

ひと晩置いて、二四日夜に章は帰宅し、翌日はやっと休暇になると言った。だが、その二五日夜になると、島原現地の同僚から電話があった。きのう、小噴火とともに溶岩ドームの一部が崩落したと発表されたが、実際には小噴火ではなく、火砕流が発生していた、と、気象庁の測候所から火山情報の訂正があった、とのことだった。

「よくわからないけど、火砕流だと、これまでどころじゃないようだ。カメラマンを現地に張りつけて、常時撮影の態勢になるらしい」

そう言って、翌朝、章は出ていった。

その日の夕刻あたりから、テレビでは、すさまじい「火砕流」の映像が映しだされるようになった。濃い灰色の噴煙の塊が、空いっぱいに吹き上がって、住宅地に迫ってきている。やがて、夜間に溶岩流が赤く光っている映像も、テレビに流れた。以来、章が帰宅できない日がさらに続いた。

長崎在住のフリーカメラマンとして、石川順一は、いま自分たちがやっているような「長崎名所めぐり」めいた仕事ではなく、ほんとうは雲仙普賢岳の現地に駆けつけたいのではないだろうか？

有馬ゆかりは、気後れめいた気持ちとともに、そのことが気になった。

だが、石川はいっこうにそういった素振りを示さなかった。何ごともなかったかのように、これまで通り週二回ほどのペースで、有馬ゆかりとの取材行を続けている。ときどき、彼がスイッチを入れるカーラジオで、雲仙普賢岳からのニュースが流れる。二人とも、ほとんど口をはさまずに、ただ、それを聴いている。

「……当面、島原方面は、普賢岳のことで、工事関係とか役所、マスコミ、野次馬とかで、道が混むかもしれない。だから、おれたちは、むしろ佐世保方面とか、そのあたりの取材や撮影のほうをいまのうちに片づけるのがいいんじゃないかな」

取材日程について、彼のほうから有馬ゆかりに、こんなふうに助言することもあった。

長崎市から、大村湾沿いに西彼杵（にしそのぎ）半島東岸の国道二〇六号線を走って、オランダ村に出向いた。所定の撮影と取材を終えると、まだ昼前だった。

「この近くに、見ておくとどうかと思うところがあるんだけど、寄ってみませんか？　キリシタン関係の伝承地でね。ただし、禁教の犠牲者としてのキリシタンという話とは、反対なんです。このあたりには、もっと昔、キリシタンのほうが優勢だった時代に、仏教徒にひどいことをした話というのが、けっこうある」

石川が、そんな誘いを持ちだし、ゆかりが応じたことがあった。

国道から左手の間道へと、石川はハンドルを切る。

「長崎って、観光向けには、禁教のキリシタンってことになるでしょう。だけど、大村純忠が最初のキリシタン大名になったときには、彼は平戸を追われたイエズス会を受け入れて、ここの横瀬浦がポルトガルとの貿易港になる。それでずいぶん儲けたんだ。いや、先に儲けて、それで本人も洗礼を受け、そのあとは、けっこう狂信的なところにまで行っちゃうんでしょう。

ルイス・フロイスなんていうのも、横瀬浦から上陸して布教につとめる。そのあと、大村純忠は、長崎を開港して、そこを南蛮貿易の拠点にした。大名自身がキリシタンで、そのお墨付きも得て、つまり、キリシタンの勢力が与党になった。だから、やがて領内のいたるところで、野党側に転落した仏教の寺とか神社を破壊した。坊さんや神主を殺したり、追い出したり、墓まで壊したりして、そこにキリスト教の教会堂が建てられたりもした。しまいに、大村純忠は、六万人の領民全部をキリシタンに改宗させてしまった。豊臣秀吉が宣教師の追放令を出したりするようになるのは、それからあとのことなんだよね。

だけど、いまは、とにかく観光立県の時代でしょう。キリシタンが悪役になっちゃう事績というのは、役所も観光業界も喜ばないらしいんだな」

喉の奥で笑い声をたて、さらにハンドルを切っていく。クルマ同士が容易にすれ違えないような道幅だが、あちこちで枝分かれする。低い丘陵地を上がったり下がったり、曲がりくねりながら、道は続く。雑木の茂みや竹林などに遮られて、見通しはあまりよくない。高みに出ると、近くの小集落などを見晴らす視野が開ける。

「――このあたりは、土地の人が、けっこう、いまだに『キツネにばかされた』とか言いますね。『きのう、キツネにだまされたらしくて、何度も何度も同じ道に出て、ぐるぐる回ってしまったよ』とか。おれ自身にも、そういうことはあった。先へ先へと走ったつもりなのに、同じ場所に戻ってきてしまう。キツネのせいか、おれがボケてただけなのか、証拠はないのだけれど」

「ふーん、おもしろいですね。豊かなかんじがする」

「そうかな。こんな何もない土地なのに」

竹やぶのあいだに、クルマ一台をどうにか停められるスペースを見つけて、石川はハイエースを寄せていく。翳のなかに分け入るように、クルマは停まる。

石川は敏捷に荷台を開けて、カメラバッグから6×7のペンタックスを取り出し、レンズを付け、それ一台だけを肩に提げる。彼は先に立ち、藪のなかの未舗装の小道に入っていく。前夜の雨で、落ち葉の降り積む道は、まだ少しぬめっている。木立は杉に変わる。足もとのさらに低いところを小川の流れが、小道に沿って続いている。

小道が急にかなり大きく開けて、右のほうへと、小川とともに方向を転じていく。あたりの広がりを手で示し、彼は言う。

「このあたりだったと思うけど、『坊主原（ぼうずばる）』っていう地名が残っている。昔は、寺があったらしい。大村純忠のころには。そこに、地域一帯のキリシタンたちが押し掛けて、坊さんらを皆殺しにしてしまったと。三〇人くらい、だったとか聞いた。大きな寺だったんだろう」

振りむく石川の髯づらに、木漏れ日が射し、翳が走った。

さらにしばらく歩く。道がつづらに折れて、少し高みに上がっていく。

「――ここが『卒塔婆（そとうば）の首（くび）』。坊さんの首を刎ねて、このあたりに並んでいた卒塔婆に晒したんだと。

まあ、人間は、似たようなことを繰り返してきたということなんだろうね。しばらく前、河川工事が入ったときに、川床に捨てられた石仏なんかが、ずいぶん出たらしい。いまでも、このあたりでは、何か工事をやるときには、塩と酒で清めるんだそうだ。そうしないとケガ人が出ると言って、傭われる人たちがいやがるんだね」

　ここで折り返し、ハイエースを停めた藪の翳へと戻った。そこで、石川が「ねえ、やりたくない?」と言い、有馬ゆかりはうなずいた。石川はリアシートを倒し、四つ這いになって荷台を素早い動きで片づけ、レフ板で窓ガラスを内側から遮った。そして、二人で、そこで交わった。

　なぜ、そうしたかは、わからない。だが、こうするのが自然であるように、感情が寄せていった。乳房をつかんだ彼の手から、汗と血のような匂いがした。

　このあと、またハイエースで走って、西海橋近くの食堂に寄り、少し遅めの昼食をとった。ここでも、彼はちゃんぽんとメシ、と注文した。額に汗をにじませながら、言葉かず少なく掻き込むように食い終えると、便所に立ち、そのままハイエースの運転席で出発の準備を済ませ、待っていた。

　午後、西海橋、さらに横瀬浦で、撮影を終えた。夕刻、大村湾沿いに国道を走り、長崎市をめざして帰っていく。長崎市の手前、時津(とぎつ)町に差しかかったところで、道路脇のラブホテルを石川は顎で指し、もう一度、あそこに寄っていこう、と言った。有馬ゆかりは、うなずいて同意を示し、一時間半ほどそこに寄り、そのあとハイエースで長崎市内に入って、諏訪神社近くの自宅マンションへと戻ってきた。

六月に入っても雨の日が続いた。

同月三日、月曜日、午前一一時ごろ、有馬章は、前触れなく長崎市の自宅に帰宅した。早朝から雲仙普賢岳付近は視界が悪く、ヘリコプターさえ飛ばせない。やむなく、デスクの判断で、きょう、可能な者には「休養日」を取らせる、ということになった。前日の二日、日曜日には、島原市議会選挙があった。有馬章はそれの報道も担当していたので、まっさきに、帰宅しての休養が促されたのだった。

とはいえ、急な「休養日」に、有馬自身はかえって当惑している様子でもあった。帰宅して、まず入浴し、昼食をとったあとは、新聞をめくり、テレビのチャンネルを次々に切り替えて、落ちつかない面持ちでいるのが、ゆかりの目に映っていた。

午後四時半ごろ、リビングの電話が鳴る。章が受話器を取り、相手側が話すのを聞くにつれ、彼の表情が変わっていった。

――これまでになく大きな火砕流が発生し、報道各社がカメラを並べている水無川上流の撮影ポイントをも一気に呑み込んでしまった。避難勧告地域に入っている報道陣を規制するため、現地に向かった消防団員たちも。まだ詳しい状況は何もわからない。とにかく、大きな人的被害が出ることは避けられそうにないから、すぐ島原の取材拠点（ホテルの借り切りのフロア）まで戻ってくるように、とのことだった。

このときの死者・行方不明者は四三人、うち半数近くが報道関係者（チャーターされたタクシー運転手も含む）だったと判明するのは、捜索が進んだ、かなり後日になってのことである。雲仙普賢岳付近の火山活動は、その後も拡大し、二年後の九三年春に有馬章が長崎支局を離任するときに至っても、まだ終息には至らないままだった。

九月初めから生活情報雑誌での連載が開始される「長崎を深く歩く」（仮称）のため、有馬ゆかりと石川順一による取材行は、それからもおおむね週二回のペースで続けられた。

二人は、朝から夕刻まで集中力を傾け、仕事に取り組んだ。以前と違っていることと言えば、夕飯どき、長崎市内の彼らそれぞれの家庭に帰着する前に、許される時間の範囲で、必ず近郊のラブホテルにハイエースで立ち寄っていく、ということだけだった。

なぜ、そうなのか。有馬ゆかりは、自分でよく考えようとすることがあった。有馬章との暮らしが壊れることを望んではいない。彼を愛しているか？　たぶん、そうだろう。

石川順一と肌を触れあわせているのは、楽しかった。そうしているあいだ、体は激しく反応し、会うたび飽きずに、限られた時間のあいだは、これを続けることを求めた。

だが、時間が過ぎると、すぐにもこの男と別れて、自分の家へと帰りつきたくなっている。今夜、島原から戻る章に、どんな献立で料理を作ってやればいいか、ということなども考えている。

夏が過ぎ、九月に入ると、新連載「長崎を深く歩く」が美しいレイアウトで誌面を飾る、生活情報雑誌が届いた。とはいえ、一年分、全二五回の連載を継続していくためには、彼らの取材行も、さらに続く。

秋が深まりはじめたころ、五島列島への取材旅行の日程を入れた。ここでは日帰りは不可能なので、中通島と福江島で一泊ずつ、現地のビジネスホテルに宿を取り、移動には、それぞれの島でレンタカーを借りることにした。ホテルの部屋は、それぞれにシングルルームを予約しておく。むろん、現地では互いの部屋を行き来することになるとしても、こうしておくのが、予約の電話をホテルに入れる有馬ゆかりにとっても自然なことだった。

いざ現地で取材を始めると、東シナ海の洋上にあった台風が、予測されていた進路を変え、島に近づいてきた。取材の最終日には、五島列島を暴風域に巻き込む見通しとなったとのことで、朝のうちに船も飛行機も終日欠航と決まって、この日も長崎市の自宅に戻れないことになった。

雨風が窓ガラスに吹きつける福江のホテルの薄暗い部屋から、ゆかりは章に電話して、ことの成り行きを説明した。そして、

「ごめんね、帰れなくて」

と謝った。

「しかたがないよ、台風なんだから」

あべこべに慰めるような口調で、章からの返事が返ってきた。このとき、自分のふるまいすべてを激しく悔いる気持ちが、彼女に押し寄せた。けれども、それがなぜなのかということまでは、突き詰めきらずに終わっている。

長崎市の住まいの寝室のベッドで、深夜、章が、腕をまわして体に触れてくることがある。そういうとき、身が硬くなり、眠ったふりで、やり過ごすことがあった。できるだけ彼の気持ちを傷つけないことを願いながらも、てのひらで、ゆっくり、その腕を押し返すこともあった。幾度か、無理にも、彼の動きを受け入れた。だが、実は、そうできていない自分を彼女自身が感じて

いた。

やがて、深夜にベッドの暗がりで、彼がこちらに背を向けたまま、声を押し殺してすすり泣いているような気配を感じることが、何度かあった。だが、それさえ錯覚だったようにも思いなおして、また、眠りに落ちていく。

夢を見た――。

暗い林のベンチに、自分ひとりで座っている。

何十年も、ここに座ってきたように感じている。樹上の鳥たちの鳴き声も、地中の昆虫も、自分をそうしたものとして扱っているように。

重たげな冬空に向かい、樹々は骨ばった枝を硬い髪のように突き立て、伸ばしている。風が、枝と枝のあいだをすり抜ける。枝に残った枯れ葉をそれが揺らしている。

丘の斜面はすでに落ち葉が覆っている。これを踏む音が、さくさく、聞こえてくる。耳のなかに懐しく響く。いよいよこちらに迫る、靴の運びがわかる。

顔を上げねば、と思いながら、耳のなかに、それを聞く。

彼のほうに、目をまっすぐに向け、微笑を送ろう。ずっと、そのつもりで、ここで待っていた。

だが、顔がなかなか上がらない。上げようとするのだが、ひたいにかかる重みが増しつづけて、上がらないのだ。

足音が近づく。

顔を上げずに、それを聞く。

男は、彼女がここにいることにもおそらく気づかないまま、歩速を落とさずに通り過ぎていく。

石川順一と有馬ゆかりの取材行が続いたのは、翌一九九二年の春先までだった。この期間が終わると、有馬ゆかりは、もう彼と会うこともなかった。

その後、二、三度、石川が電話をかけてはきたが、それだけのことだった。この男にとっても、しばらくのあいだは疼きの余韻のようなものが体のなかに残って、やがてそれも薄らぎ、自分にまつわることはすべて消えていくのだと彼女は感じていた。

この年の夏、「長崎を深く歩く」の雑誌連載が終わる。晩秋に至ると、同じタイトルで一冊のムックに仕立てなおされたものが、藪君から郵送で届いた。これをもって、有馬ゆかりが、藪君の出版社から請け負った仕事は、すべて終わった。

それだけのことだった。

3

おおむねにおいて、自分は、冴えない人生を過ごしてしまったように、有馬章は思うことがある。

　とりわけ、記者としては、そうだろう。

　通信社の記者は、個人として懸命に知恵と判断力を振りしぼり、自分の器量で働いているつもりでいながら、つまるところは組織プレイである。こちらは「駒」として割り振られることから逃げられない。さらには、運や偶然にも縛られる。

　新人時代、外信部に行きたいという希望も抱いた。だが、地元支局記者として、雲仙普賢岳のどさくさに巻き込まれると、英語力に磨きをかけようという個人的な努力目標など、どこかに消えた。しょせんは、その程度の動機だった。あとは、もはや、自分がかつて海外特派員を志望する記者だったことさえ、長く思いださずに来てしまったのではなかったか。

　九二年の暮れには、自分の長崎支局在勤は九二年で終わりとなって、年明けの翌九三年春に別の地方支局への配置転換が発令されるであろうことが、もはや自明の見通しだった。

　住まいの食卓で妻と向き合い、次の転属先のことが話題に上ることもあった。

「まだ東京に戻れることはないよね？」

　と、ゆかりは言った。

「それはない。もう一カ所、まわらされる。そこで、あと二年だろう」

「どこになるのかな」

「さあ。こっちの希望を伝えておくことはできるから、どうしようかなと思ってる。長崎に来たときは、上におまかせだった。おれ自身、まだ、それどころじゃなかったから。それで普賢岳。

これは、記者稼業ではラッキーだった、と言うべきなのかな。だけど、あの日、急に『休養日』になって家に帰されてなけりゃ、おれは、やっぱり撮影ポイントに出向いて死んでたんじゃないかと思う。そうせずに済んだ理由が見当たらない。

だからね、次は、活火山のない支局をお願いしたいな。そう思って、地図を開くと、日本で火山がないところって、ほとんどないんだよ」

なかば冗談のつもりだったが、彼女は笑わなかった。

「わたしね、次の支局にはついていかずに、東京で待っていたらどうかな、と思うんだよ。

東京で、やりたいと思うことが二つある。一つは、自分の勤め先を見つけたい。支局勤務だと、見ず知らずの土地で、二年か、せいぜい三年。場合によっては、もっと短いかもしれない。そういう場所で、わたしが自分自身の仕事を見つけるのは、無理でしょう？　たとえ、何か見つけたとしても、そのときは、すぐにまた次の転勤で。

それからね、もう一つ、やりたいことがある。そろそろ、わたしたち、東京で住まいを買ってもいいんじゃないかな、と。一戸建ては無理でも、マンションなら、私も働けば、そんなに無理をしないでローンを組めると思う。

だから、わたしは、章の支局勤めのあいだは三鷹の実家で暮らして、仕事とマンションの物件を探したらいいんじゃないか、と考えてる。そしたら、次の転勤で章が東京に戻ってくるときには、最初から、自分たちの家と、女房の稼ぎがある」

転勤のたび、「記者の妻」として、ゆかり自身の職さえないまま付きあわせるのは気の毒だと、有馬章自身も感じるようになっていた。だが、家を買う、というところまでは考えが及んでいなかった。何か、自分たちの関係が揺らいでしまっているだけに、そういう具体的な共通の目標を持つことは、たしかに悪いことではないかもしれない。だが、その一方で、なぜわざわざこういうときに、彼女は別居したがったりするのだろうと、不安のようなものも彼に兆した。二人のあいだが、揺らいでいる。そう思うときこそ、共にいないと不安なものではないか？　いっそ、こういうときに、子どもでもいれば、どうなのだろうか？

「ゆかり。君は以前、おれたち、子どもを持ってはどうか、と言ってたね。そのことについては、どうなの？」

あの日、彼女は卵色の薄手のVネックセーターを着ていた。そのことは覚えている。ゆかりは、しばらくこちらの顔をじっと見つめてから、ゆっくりと目を閉じていく。とても長い沈黙のように感じた。それから、左右に首を振り、彼女はふたたび目を開く。

「ううん。あれは、いいの。いま、そのことは考えないようにする。スタートラインは、もっと手前で、つまり、わたしたち二人のこと、そこから考えていくべきなんじゃないかと思うから」

彼女の言葉は、いっそう有馬章を不安にした。これに背中を突かれたように、彼は妻に訊く。

「おれも、自分なりには、いろいろ考えてきた。

ゆかり。君は、誰か、好きな人でもできたんじゃない？　おれのほかに」

彼女は首を振る。そして、目を閉じ、静かに涙を流した。

一九九三年春の異動に先立ち、希望する配属先として有馬章が上司に挙げることにしたのは、北海道の釧路支局だった。記者三人の小さな支局である。

あ、そんなところでいいの？　冬なんか、寒いよ、などと上司らは冷やかし、彼の望みはかなえられた。「意外と人気高いんだよね、こういう支局は」と、やや勿体ぶって、辞令が渡された。釧路支局に間近い五階建ての古いマンションの最上階に３ＤＫの部屋を借り、わずかな荷物だけを送り出し、四月初めから、彼は暮らしはじめる。近くの港のほうからの西陽が厳しい部屋だった。

東京でのゆかりの仕事探しは、意外と手間取り、秋口になって、ようやく高田馬場の編集プロダクションへの就職が決まった。これは、彼女自身が本気で取り組める仕事を得たいと考え、一つひとつ、就職先の候補になりそうな事務所を訪ね歩いていたためらしい。バブル景気は終わったとはいえ、出版業界全体には、まだ楽観的な空気が残っていた。

有馬ゆかりが勤め先に選んだ編集プロダクションは、専属スタッフが一〇人足らずと規模は小さいが、編集実務のほか、芸術祭などのイベント制作も長く手がけていて、海外の美術作家らとのコネクションの豊富さを強みとしているとのことだった。ただし、こうしたジャンルの事務所の常で、給料は高くはない。三年前にとっとと辞めた出版社に較べると、六割程度かと感じられた。それでも、もとの「春田ゆかり」という氏名で名刺も作り、ここで働くことにした。有馬章にとっても、それは、いくらか肩の荷が軽くなるのを感じる出来事だった。

マンションの物件探しも、これと並行して、ゆかりは続けていた。一〇月に入ると、彼女がこれと思う物件の図面や関係書類、また、銀行ローンに関する説明書などが、まとめて釧路の有馬章に届けられた。

荻窪の妙正寺公園近くの三階建て低層マンションが、彼女としてはお薦めだが、どうだろうか、とのことだった。築二年ほどで売りに出される、三階角部屋3ＬＤＫの出物がある。有馬章としては、心づもりをかなり上回る額なのだが、通信社という勤め先がある以上、長期ローンを組めば不可能な額ではない。

《近いうち、そちらの仕事に差し支えないときを選んで、一度見に来てみてはどうでしょうか？　そのときには、三鷹の実家でいっしょに泊まってください。母や妹もよろこびます。》

と、ゆかりは手紙を添えていた。

これに対して、章のほうは、次のような体のよい返事を書いている。

《荻窪のマンション購入については、異議ありません。ただ、こちらは、これからロシアのエリツィン大統領の来日を控えて、当面手を放せない状態です。東京での首脳会談のおり、北方領土交渉の指針について、なにか共同宣言のようなものを出すかもしれない。こんな田舎支局でも、目と鼻の先に北方領土がある以上、何かとばっちりが飛んできたさいには、即応しないといけないわけです。

というわけで、申し訳ないけど、マンションの物件については、君がよく見て、よいもののようなら、決めてしまってください。必要な書類は、すべて押印などして郵送するので、遠慮なく指示してください。無事に物件の売買契約が完了し、引き渡しも済んだら、ぜひぼくも年内に訪ねて（自分たちの新居となるものなのに、へんな表現ですが）、可能なら、そこで年を越すのも悪くないなと思っています。

わずかですが、こちらの海産物など、近くの「和商市場」で求めたものを別便で送ります。三鷹のお母さん、妹くんに、くれぐれもよろしくお伝え願います。君も風邪などに、気をつけて。》

自分たちの新居となった東京・荻窪、妙正寺公園近くのマンションを、有馬章が初めて「訪ね」るのは、一九九三年一二月二八日の日暮れどきである。エントランスの集合ポストには、まだ表札もない。当時としては珍しいオートロックに、とまどいながら部屋番号をボタンで押すと、ゆかりの声がインターホンごしに応じて、強化ガラスの扉が開いた。エレベーターで三階に上がると、廊下の突きあたりにある玄関ドアが半分ほど開くのが見えた。ゆかりが半身になって、そこから上体をのぞかせ、ひらひらと手を振った。

部屋に入ると、三鷹の実家からゆかりが送り出した段ボール箱が、まだ荷を解ききれずに、あちこちに積み上げられたままだった。彼女自身は、すでに、ここから通勤している。寝室のベッドと布団、クローゼット。浴室、洗面台、それと、キッチンのいくらかの食器類が棚に並ぶ様子が、ひそやかな暮らしの気配を浮かべていた。だが、夜に入ると暖房器具の調子が悪く、凍えてきた体のまま、追加の毛布類をなんとか布団袋から引っぱり出し、ベッドのなかで抱き合って眠った。

年の瀬は部屋の荷解きを続けて、大晦日の夕刻、三鷹にあるゆかりの実家を二人で訪ねた。母と妹が待ってくれていて、穏やかな湯気のようなものが、この家の台所に満ちていた。

ゆかりが少女時代に弾いたというピアノが、居間にそのまま残っていた。夕食後、ショパンのマズルカだったか、幾度もつっかえながら、ひとわたり彼女が披露した。この前、ひさしぶりにやってみたときには、もっと上手に弾けたのにと、額に手をやりながら、その夜、彼女はよく笑った。

この夜は三鷹の家に泊めてもらって、元日の午後、荻窪に戻った。暖かく晴れていて、マンションの近くにある妙正寺池の周囲を二人で散歩した。正月三日まで二人で部屋の片づけを続けて、四日朝の飛行機で有馬章は釧路に戻って、その足で支局の職務に復帰した。

「陸別町で、昨夜、零下三二・五度を記録」

「先週末からの吹雪のため、石北本線の遠軽・網走間、ならびに釧網本線の全線は、運転を休止している。運転再開の見通しは立っていない」

「知床の羅臼港周辺で、害獣駆除としてトド猟が始まった」

「紋別の海岸に、流氷が今季初めて着岸した」

風雪に閉ざされがちな支局で、日を追って、短信記事をたくさん書いていた。

荻窪の新居に戻るのは、二カ月に一度ほどの間隔だったろうか。土曜午前の飛行機で東京に向かい、月曜朝の便で羽田を発って、その足で釧路支局に出勤する、ということが多かった。

妙正寺池の池畔に、高くて美しい形の樹があった。二人で散歩するたび、それを見上げた。あれは、ヒマラヤスギ、いや、メタセコイアというのだったか。公園には、児童用の木や石の遊具もあちこちに配されていて、おおぜいの子どもたちが、駆けまわって遊んでいた。振り向くと、午後の陽射しのなか、毛糸の帽子と手袋をつけたゆかりが、まぶしげに目を細め、そこに向かって立っていた。

どうすれば、自分たちの結婚生活を「再建」できるか、これを急ぎたいという気持ちは、それぞれにあったと思う。なお愛していると、感じていたからだ。だが、そこに手を伸ばそうとすると、姿勢はぎこちなくなる。愛という言葉を必要とするとき、たぶん人は、すでにそれを失いかけている。言葉をもってすると、これは偶像に化してしまう。神の名を呼ぶことなかれ、というのは、そういうことだろう。

この一九九四年は九月末から、二人とも遅めの夏休みを合わせて取り、バリ島に五日間滞在した。だが、成田空港まで帰り着いたとたんに、有馬章のポケットベルが鳴り、その足でさらに羽田空港へまわって、釧路へ直帰しなければならなくなった。前夜遅くに、マグニチュード8・2、震度6の地震が釧路地方を襲い、かなりの被害が出ているということだった。記者という稼業は、こういうものだ。ことあるごとに、何かが割って入って、立ちはだかる。世界中で、その日一日が、何ごともなく終わるということはない。

次に荻窪の住まいに戻るのは、一一月のことだった。このときには、ゆかりの勤務先の編集プロダクションが海外から招聘した芸術イベントのプロデューサーと、その通訳として同行する人に、3LDKのうち一部屋を提供して泊ってもらっているのだと、あらかじめ伝えられていた。その女性プロデューサーが編著者となった本を、近く、ゆかりの勤務先が日本語訳して、刊行させる。たしか、『サラエヴォ・サバイバル・ガイド』と、原著そのままの表題ではなかったか。

いまでは、もう、あのときのことさえ、詳しくは覚えていない。

「こちら、スアダ・カピッチさん。サラエヴォの芸術プロデューサー。もと女優」

と、ゆかりは言った。

当時は内戦下にあった旧ユーゴスラヴィア、ボスニア・ヘルツェゴヴィナの首都サラエヴォから抜け出してきたという、四〇歳くらいの女性だった。小柄で、黒に近い長めのおかっぱ髪、はっきりした眉とまなざしを持っていた。もと女優と言っても、映画スターのような出で立ちではない。むしろ、舞台で活動してきた者たち持ち前の、くだけた身ごなしと思索の深さをうかがわせる人物だった。もとはサラエヴォ大学で哲学を学び、そののち、ベオグラードに移って演劇を始めたのだと聞いた。

「――それから、こちらは、峰あかねさん。スアダさんのセルビア・クロアチア語の通訳をしてもらっている。以前、ベオグラード大学に留学していた方で」

彼女は日本人で、ずっと若く、ほとんどわれわれと変わらない世代に見えた。スアダは、かなり英語も話す人だった。それでも、母語のセルビア・クロアチア語の通訳にもずっと付いてもらっていたことに、自分の話すべきことを相手に正確に伝えたいという、彼女の来日目的に重なる意志があったのではないか。

これより先に、ゆかりは、彼女たちに向かって「これ、うちの夫の有馬章です」と紹介していた。そして、「わたしも、彼と会うのはひさしぶり」と加えて、彼女らを笑わせた。「彼はジャーナリストなんです。いまは北国の小さな支局にいるけれど、いずれ東京に戻ってきて、お役に立つような記事が書けるかもしれません」

サラエヴォの街は、古くからムスリム人（旧ユーゴ解体後はボシュニャク人と呼ばれる）、セルビア人、クロアチア人、さらに、シナゴーグに通うユダヤ人、ロマ（ジプシー）、そして、特定の民族を自称することに必要を認めず、自分たちは「ユーゴスラヴィア人」なのだと考える人たち……、そういったさまざまな背景を持つ人々が共存する国際的な小都市として知られていた。

その街が、ソ連邦解体に伴う旧ユーゴのスロヴェニア、クロアチアの独立（一九九一年）を経て、たちまちのうちにボスニア・ヘルツェゴヴィナ全土を覆う激しい内戦に巻き込まれた。そして、一九九二年春以来、サラエヴォの地は、セルビア人勢力が街全体を包囲して攻撃を続ける、という形勢下に置かれていた。この一九九四年に入って停戦協定が成立し、攻撃は一時的に止んではいた。だが、武装勢力による包囲が解かれたわけではなく、市民たちの飢えと窮状は続いていた。

スアダたちは、こんな状況下にあるサラエヴォの街で、仲間をつのって、*Sarajevo Survival Guide* という英語版ブックレットを作成し、これをクロアチアの首都ザグレブに持ち出して、印刷・製本して刊行した。それが一九九三年秋である。これを海外にも広めて、各国語に訳出できれば、と考えていたところに、ゆかりたちの編集プロダクションが呼応して、今度の日本語版刊行にこぎつけた。この機会に編著者スアダ自身も日本に来て、各メディアのインタビューなどに応じることで、現下のサラエヴォの窮境を広く知らせたい、ということらしい。そうやって海外の耳目を集めることが、この街の人々の命を守る手立てになると考えていたからだろう。

　彼女は、どうやってサラエヴォの街に対する包囲をくぐり抜け、国外に出てくることができたのか？

　サラエヴォの市街地から、やや南西にはずれたサラエヴォ空港は、現在は国連保護軍（ＵＮＰＲＯＦＯＲ）の管轄下に置かれて、各国の人道支援物資の空輸などに使われている。だが、その空港滑走路のすぐ外側には、セルビア人勢力による包囲網の一部も接しており、これに阻まれる形で、一般のサラエヴォ市民は、空港との行き来を断ち切られてしまっている。

　けれども、昨年（九三年）夏、サラエヴォ市街地から、滑走路の下をくぐって、空港の南側の解放地区に抜けられる全長八百メートルほどの秘密のトンネルが掘りぬかれた。だから、特別の許可（国連部隊、セルビア人勢力、そして、解放地区を支配するボスニア共和国軍からの許諾ということだろう）を受けた上で、日没後の暗がりにまぎれてトンネルを通れば、なんとか無事に空港へと到達できる。ここからは、ジャーナリストの資格でＵＮＨＣＲ（国連難民高等弁務官事務所）の輸送機に便乗して現地を離れ、さらに乗り継いで、日本に渡ってくる。

　そして、日本で所定の役割を果たすと、やがてまた彼女は同じ空路と秘密のトンネルを通って、夫や老母が待つサラエヴォの街での日常へと戻っていく。

　なぜ、ゆかりは、就職先を慎重に選んだ上で、こうした仕事に携わりたかったのか？　むろん、彼女も学生時代には新聞学科にいたのだから、なんらかのジャーナリスティックな関心が続いていたとしてもおかしくはない。

とはいえ、さらにあとになって思い返すと、有馬章には、また、こんなふうにも思えてきた。金沢や長崎にいるとき、彼女は「記者の妻」という閉ざされた立場を強いられた。だからこそ、もう一度、外に出て働こうとしたとき、彼女には、「記者の妻」という閉ざされた立場で過ごした経験が、ひとつの洞察力として働いたのではないか。

暮らしの壁が立ちはだかる場所にも、トンネルを掘りぬけば、その向こう側には、また、べつの「日常」を生きる人々の世界が開けている。人間は、誰もが、めいめいの日常を生きるしかない。そうであるからこそ、ささやかな自分の場所から、また、べつのつましさを生きる人の場所へと、つながっていける実感が生じることもある。そういったものを、彼女は自分の仕事に求めたのではないかとも思われた。

スアダから *Sarajevo Survival Guide* の原本を差し出されて、手に取った。

ミシュラン社の世界旅行ガイドと同じ縦長の判型で、全ページがカラーのオフセット印刷で作られている（ただし、最終ページに“Printed in Croatia”とのゴム印があることが、秘密出版の趣をとどめる）。むろん、ミシュラン社のガイドブックに「サラエヴォ」の巻はない。だからこそ、この一巻をそこに加えることには、この世界に対する強烈な批評が含まれていた。

《サラエヴォは、細身な人々の街である。ここの市民たちなら、最新のダイエット法の本が書けるだろう。肥満の人は、もういない。見事な体型を保つ秘訣は、ただ街を包囲されることだけ。

皆が、若かりし一〇代のころと同じサイズの服を着られる。サラエヴォっ子たちは、およそ四〇〇〇トン、体重を絞った（四〇万人の市民が、約一〇キロずつ絞ったとして）。彼らが交わす挨拶は、こうだ。――「おだいじに！」》（「現代のサラエヴォっ子」の項目、*Sarajevo Survival Guide* より）

《一九九二年のメインディッシュは、マカロニとコメである。なんと多様な料理法が、これらにあることか！　買えるのは、ヤミ市場限定だ。街を包囲され、最初の数カ月はそうだった。いまや、それさえ残りわずかで、けちけちと節約に励んでいる。》（「食」の項目、*Sarajevo Survival Guide* より）

「アルコール飲料」の項目には、「サラエヴォ・コニャック」（アルコールにカラメルを混ぜる）、「ワイン」、「酒」の製法について簡単なレシピがある。

「酒」は"saki"と表記されており、「日本酒」のことらしい。

《5リットルの水。

0・5キロのコメ。

0・5キロのシュガーイースト〔sugaryeast〕。

七日間、これを寝かせて発酵させるべし。酒は漉して飲み、コメ粕はパイ生地に入れて用い

る。》

シュガーイースト（sugaryeast）というのが、何かわからない。麹のことだろうか？イーストは、糖をアルコールと二酸化炭素に分解する。しかし、コメはデンプンなので、イーストでは発酵しない。だから、まずは麹を用いて、コメのデンプンを糖へと分解しておくことが、酒造りには必要なはずである。

旧ユーゴスラヴィアの周辺、イタリア、ギリシア、トルコなどは、米作をする土地柄だから、そうした国々からもコメは入ってきたかもしれない。だが、内戦下のサラエヴォで、麹を入手することなどできただろうか？

「sugaryeast とは何か？」

と、スアダに訊いても、彼女は肩をすくめてみせるだけである。たぶん、自身は酒を飲まない人なのだろう。

加えて、この「酒」のページに添えられている写真は、蒸留酒を造っているらしい場面である。団地のキッチンみたいな場所で、醸造酒を入れたとおぼしき手製の圧力鍋が直火にかけられ、気化したアルコール分をアルミパイプで冷却装置（ホーロー鍋に冷水を溜め、そのなかに螺旋状のアルミパイプを通している）に送り込む。そこからさらにビニールパイプが延ばされて、ガラス瓶のなかに蒸留酒が滴りおちていく……。こういった仕組みが、一枚の写真でとらえられている。だが、残念なことに、それを説明してくれるキャプションがない。

これは、水とアルコールの沸点の違い（水が約一〇〇度に対して、アルコールが約七八度）を利用して、アルコール分を高めていく装置なので、仕組みとしては難しくない。つまり、先のレシピで「酒（saki）」が造れたら、この装置でそれを蒸留することで、コメ焼酎になるはずである。

内戦下のサラエヴォのサバイバル生活の「ガイド本」の背後には、さまざまな熟練した素人職人たちの腕前があったに違いない。それ抜きに、この程度のマニュアルだけでは、「酒」は生じてくれそうにない。そこで営まれている暮らしの細部に、外の世界の人々の想像が及ぶことを願いながら、スアダたちは、この「ガイド本」を作ったのではないかとも思われた。

夕暮れどきに近い午後だったか。

紅茶のカップをソーサーに置き、スアダは、落ちつきのある声で語りだす。

「いま、サラエヴォでは、停戦協定が結ばれ、砲撃は止んでいます。ビルの高みに潜む狙撃手も沈黙している。ただ、いつまた砲撃が始まるかもしれない。そういう、見えない敵に囲まれているという、日々の暮らしのなかの恐怖とストレスが続いています」

通訳は介さず、英語で彼女は話していた。

「――これまでの三年にわたる内戦で、ガスや水道、電気、電話線といった都市のインフラストラクチャーが、ほとんど壊されたままになっています。食料、水、暖房の確保ができないまま、今年もまた零下二十何度の冬になります。それと、このごろ加わった深刻な問題は、ネズミの激増。消毒液も、もう街に残っていないので。そんな形で、生に対するテロルが続いている。

それでも、わたしたちは、化粧をし、気に入りの服を身につけ、毎日をできるだけ楽しく生きようとつとめています。憎しみや悲しみの感情にとらえられて、自滅してしまうことがないように。つまり、普通でいようということです。希望はない。でも、もしかしたら、こうしていることが、希望なのかもしれません」

有馬章は、こんな気持ちを彼女に伝えた。

――一〇代のころ、チトー大統領が率いるユーゴスラヴィアは、二〇世紀でもっとも成功した社会主義のモデルだ、というふうに学校で習った覚えがあります。強権的なスターリニズムではなく、資本主義のすぐれた点も取り入れ、多民族が共存する柔軟な社会なのだと。だから、そんな場所で、いったい何が起こったのか、よくわからないままなんです。

「わたしも、そうです。わたしたち戦後世代は、生まれてからずっと、自分たちの国ユーゴスラヴィアは理想的な国だと信じてきました。自由で、どの民族も皆がいっしょに住み、愛し合っている。その国で生まれた人は、クロアチア人、スロヴェニア人、ボスニア人というのではなく、ユーゴスラヴィア人だったわけです。そう教えられていたし、わたしたちもそうだと信じてきました。

しかし、現実には、何かが違っていた。

あの理想社会の内側でいったい何が起きていたのか。いまのわたしには、語ることができません。時間がたてば、わかるでしょう。理想社会と思い込んでいただけで、すでに非現実的なものだったのでしょう。旧ユーゴスラヴィアは幻影（ファントム）の国家だったと言うほかありません。

国家の基礎であるべき経済システムさえ、架空のシステムだった。海外から融資をとりつけるのに、チトーというカリスマが強い力を発揮したのは確かです。でも、現実には国としての稼ぎもなく、クレジットで生きている国だった。ほんとうの仕事、ほんとうの収入とは何であるのかを誰も知らないまま、五〇年をかけて『理想のユーゴ』を壊すことになる別のモラル、非モラルの幻影をも作りあげてしまった。その意味で、この数年のあいだに起こった出来事は、五〇年間をかけて準備されていたことになるでしょう」

それから、彼女は、通訳の峰さんの力も借りながら、たしか、こんなことも言っていた。

「――この夏、わたしたちは、サラエヴォで国際美術・映画・演劇祭を開きました。この催しをわたしたちは『ベビー・ユニヴァース』と名づけました。スティーヴン・ホーキングの『ブラック・ホールとベビー・ユニヴァース』理論から取ったものです。

たとえば、ある人が宇宙船で旅をしている途中、何らかの理由で宇宙空間に放り出されてしまったとします。彼は、やがて、出口のない深いブラック・ホールに引きずり込まれるでしょう。しかし、ここには、別の宇宙の芽、小さく独立した彼の宇宙があり、そこに抜け出すことが可能だというわけです。それを『ベビー・ユニヴァース』と呼んでいます。けれども、これは、いまここにある実数の世界、実時間ではなく、虚数の世界、虚時間に発生する。つまり、彼は、地球上の粒子の彼ではなく、別の彼に変容している。生きてはいても、地球に帰ることはできない。想像の時間のなかでしか生きられない。地球で彼を知る友人たちは、彼はすでに死んでしまった、と思っている。これは、まさに、いまのサラエヴォの市民たちの存在にほかなりません。

深い穴のなかで出口を探しながら生きてはいても、もとの場所に戻っていくことはできない。わたしたちは、世界中の人たちと同じように映画を上映し、同じように演劇をやりました。一見、何も変わらない、どこにでもある日常が、サラエヴォにもあるように見える。けれど、現実には異なった時空を生きる人間になってしまっているのです」

春田ゆかりと、こうやって共に過ごした歳月は、自分にとって長いものだった。一九九〇年、二五歳で結婚し、二〇〇一年、三六歳で離婚した。

金沢支局でいっしょに過ごしたのは、九カ月余りだったか。

そのあと、長崎での二年間は、雲仙普賢岳の噴火活動に振り回されて、落ちつかないものだった。

釧路支局時代は、ゆかりが東京・三鷹の実家に残り、やがて荻窪にマンションをローンで買う。互いに言葉に出しこそしなかったが、マンション購入は、壊れかかった夫婦関係をどうにか取り繕おうとしてのものでもあったろう。

東京の本社勤務に戻ったのが、九五年春。それから丸三年は、荻窪のマンションで共に暮らした。二人の休みが揃うと、近所の妙正寺公園に連れだって出むいて、池の周囲を散歩した。波風の立たない暮らしだったと思うが、いまから振り返ると、すっかり印象が色褪せているのは、どうしてか？　あのころ、われわれは、三〇代に入ったばかりだった。だが、ともに相手に何かを新たに求めることを諦め、老いていた。

九八年に大阪支社への配置転換があったが、彼女は荻窪のマンションに残って、高田馬場の編集プロダクションへの勤務を続けることを選んで、大阪には同行しなかった。このころから、互いに離婚の相談を口にしはじめた。有馬章は、妻のゆかりと、勤務先の編集プロダクションで代表をつとめる男とのあいだに、交際があるのではないかと感じることがあった。幾度か顔を合わせたことがあるが、一〇ばかり年長で、いくらか山っけのようなものがあり、熱意のある話し方をする男だった。だが、あえてそのことについて、ゆかりに向かって、自分から口にしようとすることはなかった。

なぜだろうか。

自分には、もう、彼女と男のあいだに割って入って、無理にも連れ帰ってくるような気力がない。そして、面倒だった。もし、そうなのだったら、もうどこにでも勝手に行けばいい、と言いかねないところが、自分にあった。彼女はどうなのだろうか。もし、そうであっても、できればおれとの夫婦関係も手放したくはなかったのだろうか。不安だったろうか。いや、むしろ、社会的には、いまのままの夫婦関係があるほうが、何かと都合がよかったということかもしれない。あるいは、彼女のほうでも、自分の夫と、ほかの女とのかかわりを、気にはかけながらも黙っていた、とか、そういうところがあったろうか？

離婚となると、当面の懸案は、ローンの支払いがたっぷり残った自宅マンションについて、どう処置するのかということだった。バブル景気の崩壊後、不景気傾向の底が見えずに、予測していたよりずっと大きくマンションの資産価値は下がっていた。

自分が、このままマンションを出て、ゆかりが残って、そこに暮らしつづける。そのことには異存がない。とはいえ、ゆかりにとっては月々のローン返済に回せる金額は限られていて、こちらにもそれをあらかじめ埋めてやれるような資力がない。だから、離婚するにも互いに身動きが取れないわけだが、それを口実に、離婚という面倒ごとを先延ばししたがる心持ちもあった。

だが、解決は思いもかけないところからもたらされた。三鷹の義母が二〇〇〇年の夏に倒れ、それからほどなく亡くなった。ゆかりの妹は、いまは結婚して名古屋で暮らしており、三鷹の家は処分するほかないという話が、やがて彼女ら姉妹のあいだでまとまった。

「だから、そこから入るお金で、マンションのローンの残りはわたしが清算できる。それで、この話は終わりにしましょう」

ゆかりは、電話をかけてきて、そう言った。自分のピアノは、三鷹の家から荻窪に運んで、あなたの書斎だった部屋に入れるつもり、とも言った。

それが、二〇〇一年の秋。米国での同時多発テロで高層ビルに飛行機が突っ込む映像が、テレビに溢れ返っているなかでのことだった。

4

長い歳月が流れた。

一一年間の結婚生活のおりおりに味わう索漠たる思いも、月日が過ぎるうちには薄れていく。離婚後、こちらから連絡したことは一度もない。ゆかりからの電子メールや電話は、四、五回くらいはあったろう。いずれも、生命保険の受取人の変更とか、何かの書面にこちらの署名、捺印が要る、とかいったような用件で、やがては、そうした連絡も絶えていた。

子どものいない離婚とは、このようなものか。あとになれば、あっけないものだな、とも思う。相手の消息を確かめることもない。荻窪のマンションを彼女は所有しているのだから、そこにいるものだとばかり思っていたが、考えてみれば、再婚したり、遠方に転職したりで、住まいが変わっていてもおかしくはない。

そのうち、こちらが結婚した。さらに、四〇を過ぎてから、息子が生まれた。もはや、ゆかりという人間の存在自体が、自分の意識からすっかり消えている期間が長く続いた。

だが、一度だけ、例外となる機会が訪れた。何より自分が、そのことに驚いた。

二〇一二年春、水戸支局長として東日本大震災とその後の慌ただしい日々を経験したあと、やっと一年が過ぎて落ち着きを取り戻しかけたところで、定期健診を受けた。そして、これがきっかけとなり、結局、ステージⅠの大腸がんだとの正式の診断を受けるに至った。事態の展開の速さに、自分が追いつけずに、たじろいだ。主治医となるべき人の見解は、早期がんではあるが、横行結腸という技術的にやや難しい部位にあるので、患者にとって手軽な腹腔鏡下手術ではなく、慎重を期して開腹手術を勧めたい、とのことだった。

さすがに、患者当人としては、できれば簡単な手術で済ませてしまいたいとの気持ちが生じる。だから、念のためセカンド・オピニオンを得るようにしたいと、その医師に申し出た。すると、「そうですね。それがよろしいでしょう」と、あっけなく同意し、都内の大学病院に宛てて紹介状を書き、診断情報なども用意してくれた。

上野池之端に近い、その病院を訪ねたのは、この年の初夏の午後だった。医師との面会は三〇分に満たないくらいの短時間のもので、診断情報の記録類にひと通り目を通して、「これでよろしいと思いますよ」とのひと言を頂戴する、といった程度のものだった。

かえって、こちらは拍子抜けしたような思いで、どっと疲れが押し寄せた。病院裏手の門から、不忍池の池畔に出て、日陰のベンチに腰を下ろした。

池でボート遊びするカップルの姿などを、ぼんやり眺めていたように記憶する。自分が、がん？　そのことの意味が、いまだに、ちゃんと呑み込めていないような心持ちのままだった。

「章？」

不意に、女の声が近くで聞こえた。振り向くと、見覚えのない女が立っている。ニットの帽子をかぶり、ショートカットの髪が少し覗いている。長袖のブラウスに、ジャワ更紗のような生地のスカートを着けている。マスクして、まだ、せいぜい中年の年格好に見えるのだが、右手に金属製で軽そうな素材のステッキを持っていた。把っ手が、グレイハウンドの頭部の形だった。もう一方の手には、黒の折り畳み日傘。ごく小さなナップサックを背中に負っている。

知人としては心あたりが思いうかばず、失礼ですが、どなたでしょう？　と、訊きかけた。だが、「章」などと、いい歳になって呼び捨てにされることはめったにない……、と思い直したところで、ふと、思いあたった。

「ひょっとして、……ゆかり？」

「そう」

と、うなずいて、マスクを顎まで下げ、彼女は笑った。

そして、――ここ、掛けてもいい？　と断わって、隣に腰を下ろした。

「立ち続けてると、足の裏がひりひり痛くなってしまう。手足症候群」

彼女は、そう言う。

「なに、それ？」

初めて聞く言葉なので、訊き返した。

「わたし、がんなの。ステージⅣ」

目もとに笑みを浮かべたまま、こちらの目を見て、彼女は言った。そして、自分のブラウスの裾を少したくし上げ、更紗のスカートの腰のあたりに付けているポシェットのようなものを指で示した。

「これ、携帯用ポンプ。ここから、チューブで抗がん剤を送って、腕のポートから点滴してる。一週間おきに、毎回四八時間、これは続く。だから、病院で処置だけしてもらって、あとは家に帰って過ごす。お風呂にも、ずっと付けたままで入るの。フックなんかに、これを引っ掛けておくようにして」

「へえ……、そうなのか」

狼狽してしまい、そんなふうに、間の抜けた答え方になった。

「さっき、病院の会計のところで、見かけたんだよ。ちょうど、これの処置をしてもらいに来て、終わったところだったから。章が、あんまり暗い顔でいるから、心配になって、後をつけてきた。池に身投げでもするんじゃないかと思って」

いっしょに暮らしていたころは、あまり言わないような冗談だった。

「――ひょっとして、あなたも、がんなの？」

「うん、ステージⅠだけどね」

彼女は自分の腹のへそ下あたりを指でさし、こちらの目を見た。大腸なのか、と尋ねているのが、わかる。うなずくと、

「わたしと同じじゃやね」学生のころのように、わざと関西弁を使って、彼女は言った。「こんなことで、ようやく息が合っても、しかたないね」

「君は、どうしてるの？　仕事とか、収入とか、だいじょうぶなのか」

彼女はうなずく。

「仕事は辞めたんだ。ずいぶん働いたから、もういいだろうと。わたしは、ほら、父が早く死んだでしょう？　それで、がん家系だとはわかっていたから、がん保険は払いつづけていた。だから、通院や検査の費用は全部カヴァーされて、いくらかおつりが来る。いまになって、それには

助かってる。

　カルチャースクールのコーラス教室にも行ってる。二週間に一度、抗がん剤治療の合間をねらって。ほんとうはイタリア語も習いたいなと思ったけど、語学のクラスは毎週あるでしょう？それだと、無理なの。抗がん剤を入れた週は、体力的にきつくて」

「髪型、変えたの？」

　ひょっとしたらと、いまになって思いあたり、彼は尋ねる。

「いい歳して、ラッパーみたいでしょう？抗がん剤で髪が抜けるから、こうしてみた。わたしの場合、まだ、しょぼしょぼとは、こうやって生えているけど」

　指で、自分の毛先をつまんで、彼女はそう言う。

「――あなたは、ちょっと、白髪が出てきたね」

　こちらの頭を指さし、彼女は笑った。

「薄くもなったよ」

　目に笑みを浮かべてから、話をもとに戻して、彼女は続ける。

「抗がん剤って、やっぱり副作用はあるから、それについては自分でもよく調べた上で、主治医に気持ちを伝えて、治療方針を選ぶしかない。

　わたしは、末梢神経に副作用が出るのは嫌です、って主治医に言った。手が痺れてしまうと、ピアノが弾けないでしょう。まだ、これは楽しみにしていたいから。それで、脱毛を選んだ。でも、このクスリも効かなくなったら、そこでまた考えないといけない」

じりじりと、そこに過ぎていく時間を受けとめるように、彼女は言った。そういう時間というものがあるのだ、と彼は初めて感じる。

「そうなんだな……」

「うん。それとね、抗がん剤投与の合間に、ＰＥＴ検査というのを入れることがある。ブドウ糖と似た成分の薬剤を注射しておいて、ＰＥＴっていう装置で全身を撮影する。がん細胞は、正常な細胞と較べて、何倍もブドウ糖を取り込むから、その性質を利用して、転移がどこにあるかを調べる」

「ＣＴみたいに、撮るの？」

「そう。その画像を見るとね、わたしの体のなかで、がん細胞がある場所が、あちこち、夜空の星みたいに光っている。大腸とその周り、肝臓、肺にも少し……」

ひと呼吸置き、彼は言う。

「おれはね、結婚したよ」いつか機会があれば、伝えたいと思っていたことだった。「子どもも生まれた。今年で六歳。男の子。来年から学校」

「そうなの？」ゆかりは、ぱっと目を見開く。「それはよかった。どうしたかな、と思うことはあったから。でも、子どももできたというのは、驚き。想像した以上。先を越されたね」

「君は？」

「男と暮らしたことはあった。二年くらい。とてもいい人だった。穏やかでね。わたしより三つほど若いんだけど、奥さんと死別していた。交通事故で。まだ保育園児だった女の子もなついてくれて、楽しかった。結婚しようと言ってくれていたんだけど、しばらく考えて、やっぱり、わたしのほうから、やめることにしたの」

「え、なぜ？」

「そんなことまで言わせないで」

　彼女は笑った。

「――それで、そこで別れることにした。無理を言って」

「なんでだよ」

「わたしといると、彼、そのまま結婚できないことになるでしょう。それはよくないな、と思った。まだ小さな子どももいるし」

　そういうものなのかな、と考えながら、ただ黙って聞いていた。だが、あとから思いなおすと、そのとき、ひょっとしたら彼女は、すでに自分のがんの症状を知っていたのではないだろうか。いや、本当のことは、もう、わからない。人間には、そう考えることがあるかもしれない、と思うだけだ。

　そうやって、ゆかりと話していると、自分たちの会話には、きりがないようにも感じた。なぜ、いまになって、われわれは、こんなふうに話ができるようになったのか？

　スティーヴン・ホーキング博士は、ベビー・ユニヴァースが位置する虚時間とは、普通の時間と垂直をなす時間方向だ、と述べている。

この世界のなかに確かに存在したにもかかわらず、のちの歴史には痕跡を残さないものがある。具体的に起こされた行動や、人と人とのあいだで交わされた会話などは、なんらかの記録に残る可能性がある。だが、一人の人間が胸の奥で考えただけのことは、どこにも痕跡を残さない。そうであったとしても、誰かが、あることを考えた。そのことは、たしかな事実なのだ。

われわれは、一人ひとり、誰もが実にいろんなことを胸のうちで思いながら、命の果てるまでを生きる。しかし、それらは、どこにも記録されず、この世界は、そこを過ぎていく。


「きょうは、こうして会えてよかった。おかげで、思い残すことが、ひとつ減った」

ステッキに体重を預けて、彼女は立ち上がる。

「――今度で、この抗がん剤は、二一クール目になった。でも、抗がん剤を入れた日は、くたくたにくたびれるの。次の日も、そして、そのまた次の日あたりも。だから、もう、ここからまっすぐタクシーで帰ることにする」

「いまも、荻窪に住んでいるの？」

もう少し引き留めていたくなり、尋ねた。

「そう。毎朝、妙正寺公園の池のまわりをなるべく散歩している。でも、来ちゃだめよ」

彼女は笑った。

「――いつか、ものすごくいいことがあったら、連絡するかも。がんが治りました、とか。東京本社に〝有馬章様〟って宛て名を書いて、ハガキでも出せば、もう古株なんだし、誰かが届けてくれるよね？」

あらかじめ考えていたことのように、彼女は尋ねた。

そして、不忍通りを走るタクシーに手を挙げ、停まったクルマのドアが開くと、さっさと乗り込んだ。

「ゆかり……」

名前を呼んだが、ガラス越しに彼女は軽く手を振り、クルマは走り去った。

――このことを誰かに話したりすることは、きっと、これからもない。

もう彼女は生きていないだろう、と思っている。

第Ⅳ章　夢みる権利

1

あと、どれだけ記者としての勤めが続けられるか、わからない。だが、身を引くべきときが、近づいている。そのことだけは、有馬章自身にもわかっている。

いまも毎朝、通信社の本社文化部に出社する。だが、勢いよく取材活動に飛び出していく同僚たちを横目に、こちらは、いたたまれない思いが増してくる。抗がん剤がもたらす眠気、吐き気やだるさに耐えながら、新刊紹介用の書籍何冊かに目を通し、取材先への確認電話や、原稿依頼のメール書きを済ませて、どうにか一本、二本と短い記事原稿の出稿をこなすと、もう気息奄々の体で家路につく。電車の座席から伝わる振動さえ、腹の痛みにこたえるようになっている。

隔週ごとの抗がん剤点滴の前日は、血液検査で職場を抜けなければならない。点滴初日も、数時間、病院内の点滴台にしばられる。

　今後、さらに症状が進むにつれて、ステントを入れたり、カテーテルを交換したりと、短期間の入退院も繰り返さねばならなくなるだろう。頭髪の脱け毛はウイッグでカバーできるが、だんだん食べものを受けつけなくなる体が痩せていくのは隠せない。大腸がんの再発、転移を告げられたときにも、これには思い至っていなかった。

　まだ仕事はしたい。自分が書いておかなければ、と思っている題材もある。だが、日々、こなせる仕事の量は落ちていく。そのことについて、見て見ぬ振りをしてくれている同僚たち。こうした配慮の気配さえ、こちらには重苦しい。あとどれほど、これに耐えられるか。また、こんな負担を周囲にかけていることが、いつまで、それに見合った意義を持つだろうか？

　毎週日曜、息子の太郎が、サッカーの練習に行く。彼が出かける前に、ウォーミングアップの相手くらいはしてやりたいと思っている。だが、がんの転移が肺にもあるせいか、すぐに息が上がって、トラッピングとパスのまねごとを庭先でやってみせる程度で、お茶を濁す。息子のほうも、ジュニアユースのチーム入りへの道は早くも投げ出した様子で、定時の練習を終えるとさっさと家に帰ってきて、居間のカーペットに寝転び、ゲームばかりしている。こちらは、そんな息子を横目に、微熱が続く体をソファに横たえ、うとうとする。もう、彼を市営プールでの水泳に誘うのは無理だろう。体が痩せて浮力を失い、筋力も落ちている。うっかり溺れかけたりして、みっともないことになりかねない。妻の弓子が、ゲームばかりのわが子を見かねて、「勉強部屋の片づけくらいしなさい、宿題は済んだの？」と、声を強くする。せめて、日が落ちる前にと、太郎を海浜公園までサイクリングに誘い出す。高みに並んで立つと、晩秋の海に夕陽が落ちていく。冬の海風が強まるころには、こうして自転車に乗るのも難しくなっているだろう。

夕食後、二階の寝室まで這うように上がって、崩れ落ちるようにベッドで眠り込む。だが、真夜中を過ぎるころには、腹部の激しい内臓痛で、決まって目が覚める。妻は隣で、これに気づかず眠っている。

鎮痛剤に、医療用麻薬「オキノーム」を処方してもらっている。脂汗を滲ませ、枕元の水差しからグラスに水を注ぐ。そして、二、三包、続けて、これを飲む。あとは、しばらくじっと耐えている。

痛みが落ちついてくるのを待って、寝室をそっと抜け出す。廊下を隔てた書斎で、古い取材ノートなどを書棚から取りだし、目を通しなおしてみたりしながら過ごしている。いや、このごろは、それさえ億劫で、ただ安楽椅子に腰を下ろして、子どものころの記憶などをたどることも多い。そうなると、たいてい、夜が明けてくるころまで、もう眠れない。いま、有馬章は、五三歳になっている。

たまに、腹の痛みがうまく治まってくれたときなど、安楽椅子に腰かけたまま、深い眠りに落ちることがある。目が覚め、あわてて時計を見ると、せいぜい二〇分間ほどしか経っていない。だが、思いがけない贈り物でも受けたような幸福感が、夢の余韻とともに、しばらく残る。

今夜も、たまたま、そういう時間に恵まれた。夢のなかでは、三〇代くらいの自分に戻って、実家の食卓を両親と囲んで、和やかな会話を楽しんでいた。「うちの庭の入りぐちに、むかしカリンの木があったろう。覚えてるかね？」と父が言う。自分は「ああ。その根元にチカラの犬小屋があったでしょう」と答えていた。父親との実際の会話では味わったことのない、打ち解けた感情に満ちたものだった。

現実は、そうもいかない。

六年前、早期の大腸がんで開腹手術を受けたときには、両親に知らせなかった。完治するものと信じていたからだ。だが、再発、転移して、余命宣告まで受けた身となっては、いずれ両親に告げないわけにいかないだろう。

いまのところ、抗がん剤の副作用で口内炎がかなりひどいが、なんとか食事はとれている。普通に会食できるあいだに、彼らのお気に入りのイタリアン・レストランにでも誘って、やんわりとした言い方で、どうにか病状だけは告げておきたい。

母は、わりあい聡明で、気丈に割り切った考えにも立てるたちなので、なんとか事実は事実として受けとめてくれるのではないか。だが、問題は、父である。米寿を迎え、いまだ壮健なのはいいのだが、例によって、くどくど説教めいた口ぶりで、何やかやと述べ立てるに違いない。「余命」などと聞けば、父の場合は、内心の動揺を埋め合わせようと、なおさら、そういう言い方になるだろう。

――余命？　だったら、おまえは、日々の記録をきちんとつけておかないといけないな。吉田松陰に『留魂録』というのがあるだろう。少なくとも、あれくらいのものを書き遺す覚悟が必要だ。だが、そもそも、おまえの担当医の所見は信頼できるものなのか？――

どうせ、そんなことを言い、身を乗りだして、こっちを覗き込んでくる。その顔つき、身振りまでもが、ありあり思い浮かんで、いまのうちから怖気（おぞけ）が走る。こちらも、そのたび挑発に乗るかのように、かっとして言い返してしまう。この期に及んで、そうやって、また口論が避けられそうにないのが、いやなのだ。だから、つい、父親との接触を敬遠したまま、ここに至ってしまっている。

父が、一人息子のおれを愛しているのは、わかっている。父と同じく、自分も中年に達してから一人っ子を持つ身となって、なおさらそれを感じるようになった。だが、父のそうした愛し方は間違っている、という気持ちも、また強くある。彼は、口ぶりや態度と裏腹に、気弱で、自身に甘い人である。しかも、それを認めることなく、老年まで来てしまった。せめて、息子のおれくらいは、それを黙認したりはせずに、彼に対したい。どうやら、これは、似た者同士ということか？

それでも、たとえ夢のなかであれ、老いゆく両親と気持ちよく会話ができていたのは、うれしい。生きて、この世に自分がある残り時間は、もはや短い。だが、夢は見られる。そのことにより、時間は、かえって豊かなものとなる。

これが「永遠」の感触というものか？

2

「日本人とは――」うんぬんと、父は、夕食の席で、よく語った。

ほかに食卓にいるのは、中学生の有馬章と、クラシック音楽好きの専業主婦たる母だけだった。いったい誰を相手に、彼がこういうことを語りたがっているのか、わからなかった。

「官とは――」「民とは――」「政治とは――」といった言葉も、よく父は口にした。母は、うんうん、と適当にメトロノームが振れるように相づちを打っておく。すると、父はこちらに視線を振り向け、

「日本社会は、こうして戦後三五年が過ぎても、〝無責任の体系〟のままなんだ。誰も責任を取る気がない。どうしたもんだろうな？」

箸の先を宙に浮かせたまま、語りつづける。

――お父さん、好物の鰻が冷めてしまいますよ。――

と、本当は言いたい。だが、ただ黙って父の目を見てしまう。すると、さらなる講釈を期待しているものと映るのか、その弁舌に拍車がかかる。

「――論壇も、しょせんは亜インテリの天下だからな。ぴーちくぱーちくと、言葉数は多いが、

そのときの世間の風向き次第で、右に振れるかと思うと、左にも振れていく。それでいて、自分が転向を繰り返しているという自覚が、彼らにはないようだ。無限転向なんだ。これじゃあ、大東亜戦争に突入していったときと、同じじゃないか」

父の政談は、威張った硬い言葉で語られる。それでも、警察官僚であるとは言え、とりたてて右翼的というわけではない。むろん、左翼的でもないが。むしろ、当人としては、リベラルな立場を保つつもりだろう。とはいえ、それは、十年一日、お決まりで型通りな論旨である。息子の目からは、まるきり空無な「リベラル」だった。

どうせ世間を嘆くのならば、

「おればよ、この日本の社会というのが、大嫌いなんだ」

といったふうに、実直な心をこめて、人間らしく話してほしい。それが、中学生の一人息子たる有馬章の感想だった。だが、そんな気持ちは、こういうタイプの父親に、いちばん伝わりにくいものらしい。なぜなら、この父親は、学生時代には優等生で、いまも自身を優秀な官僚だとみなしている。彼らにとっての「思想」に、「おれ」などという主語が入りこむ余地はない。なぜなら、そこでの「思想」とは、古今東西の偉人たちが語って、神棚にまつられてきたようなものである。学生のころから、このようなものとして「思想」について学んで、試験問題にも出され、これを堅く信じたままで来たからだ。

父は、東京の国立大学法学部政治学科でかねて尊敬していた政治思想史家のゼミに学び、卒業後は警察官僚の道を進んだ。日本という社会が、戦前も戦後も〝無責任の体系〟によって貫かれてきたのだとすれば、それこそ、父自身が身を置くエリートコースのありかた自体が、これの大元をなしていただろう。一人息子の有馬章は、中学生なりに、そんなふうに考える。だが、父が身につけてきた思想史の論法には「おれ」にあたる主語がない。だから、そこで語られる歴史のなかで、自分自身がどう生きてきたかは、いわばカッコに入れられ、問いの外に置かれる。ここに生じる自己欺瞞に、気づこうとすることもなく、たぶん、父は生きてきた。

章が小学生だった時分、家では「チカラ」という名のオスの柴犬を飼っていた。毎朝、早起きして、父と一緒に「チカラ」の散歩に歩いた。若く力の強い柴犬で、小柄な章をあべこべに手綱で引きつれるように歩いていく。ほかの散歩中の犬と路上で行き会うと、低く身構えて唸り声を出し、飛びかかっていきそうな姿勢を示す。章は、この犬が好きだった。ぺろぺろと顔中を舐められ、兄弟分のように感じていた。

ところが、ある朝、「チカラ」がいなくなった。玄関先の門が開いていて、カリンの木の下の犬小屋を確かめると、リードが解かれ、外れていた。

父が、少し顔色を変え、「チカラ」を捜そうと、外に出ていった。一時間ほど経ってから、父は家に戻って、「チカラ」が帰っていないことを確かめると、母に向かって、角張った顎を震わせて、

「おい、どうするんだ?」

と、やや横柄な口ぶりのまま尋ねた。

自分の飼い犬を失って、妻に「どうするんだ?」はないだろう。

子どもなりに、こうした父の姿に無力さを感じて、失望した。これが父の「思想」のありかたなのだと、直感的に理解したからだ。

――この人は、いったい何なのだろうな？――

有馬章は、自分の父親に対して、そのように感じながら、同じ家のなかで一〇代の日々を過ごした。

中学生のときから、都内の広尾にある中高一貫の男子進学校に進んでいた。制服はなく、自由な校風で、友人たちにも恵まれた。

だが、高校生になるころには、こうした「自由」さにも疑いが生じた。家庭の経済状態や教育環境に恵まれた者だけが、囲い込まれて、ここで享受している「自由」とは何か。本当にこれは「自由」と言えるのか。この学校を卒業する者たちは、そういう世界しか知らないまま、やがて大手企業、マスコミ、官庁など、日本社会の中心的な位置を占めていく。うちの父なども、そうしたサイクルのなかで育った先行世代にあたるのではないか。そして、やがては、そこに生じる交際範囲で結婚し、子をなして、その子たちも、この環境に生じる特権に疑問をはさむことなく、恩恵を享受し、たぶん、そのまま死んでいく。はたして、これでいいのだろうか？

暴力と不公正がまかり通る世界が、この環境の外側にはあるようだ。やる気のない教師たち、杓子定規な校則で縛られ、何か問題を起こすとすぐに退学処分とされる、「偏差値」の低い、たくさんの学校がある。家計の状態、テストの成績などで、子どもたちはあらかじめ選別されて、べつべつのコースに送り込まれる。彼らは、それぞれ、自分が身を置く小部屋のような場所しか知ることができない。そして、いまいるコースから外に出る方法は、教えられることがない。有馬章という少年は、もっと広く、これらの「世界」全体を自分の目で見渡し、確かめたいと考えるようになった。

自宅は、世田谷の祖師ヶ谷大蔵にあった。近くの成城学園前のスーパーマーケットで、商品仕分けとレジのアルバイトを始めた。

「学校の成績が落ちたら、アルバイトは禁止だぞ」

父は念を押したが、強く反対はしなかった。

アルバイトからの収入をつぎ込んで、有馬章は、学校の授業を抜けだし、渋谷や新宿、池袋などの映画館で、新旧の洋画をよく観た。グラフィックな外国雑誌を青山や六本木の洋書店でめくる。それから、小さな輸入レコード店で、ジャズやロックのレコードを探すようになった。こうした店は、下北沢、原宿、御茶ノ水あたりの町裏に多かった。通学先が都心部なので、こうした行動には都合がよかった。アルバイトで稼げる金額は限られていて、実際にレコードを買うことはめったにない。だが、レコードジャケットをラックから次々と引き出し、そのデザインやタイトル、参加ミュージシャンの顔ぶれなどに目を通していくことは、これ自体がジャンルの最先端の情報で、さらに新しい世界への入口をなしていた。

こうした店や路上で知りあう都立や女子高、専門学校の生徒たちと付きあいが生じて、キスや煙草の味も知る。知りあったばかりの年上の専門学校生の女の子が、段ボール箱などが積み上げられた古い雑居ビルの非常階段の薄暗がりで、舌先を耳の穴に入れてきた。

「こういうふうにすると、ぞくぞく、感じない？」

そっと、息を吹き込むように、彼女は耳もとでささやく。一七歳の章はうなずく。ひんやりした長い指が、ジーンズのジッパーを下ろし、ブリーフもずりさげて、ペニスに触れている。

「――だけど、いまはだめ。口でしてあげる」

コンクリートの階段に座らせて、彼女はそうする。彼は、激しく射精する。美しい顔を上げ、前髪を指で払って、暗がりのなかで彼女は微笑する。

「わたしの友だちには、言っちゃだめだよ」

こうした小事件の一つひとつも、彼には、まだ知らない世界に向かって続く、らせん階段のように感じられた。


大学は、京都の私立大学に進んで新聞学を専攻したい、と父に申し出た。とにかく、東京の親元から離れた暮らしがしたかった。そのためには、父からの承諾を得なければならない。どういう理由や条件を挙げれば、認めてもらえるか？　もちろん、自分が、どんな勉強をしていきたいのかも考えた。そういう考えをあれこれめぐらせた末の進路希望だった。

「私立大学？」

東大合格者数が毎年上位を占める高校に息子が通っていただけに、父にとって、思いがけない志望先ではあったろう。たぶん、彼は、わが子も自分と同じ国立大学法学部を卒業し、やがて官界に進んでいくことを、当然のことのように思い描いていたのではないか。なぜなら、それが彼らの小世界の「常識」がとらえる、優等生としての道であるからだ。

だが、かねて「主体的」な生き方の必要を食卓でさんざん演説してきただけに、父としては、息子の希望を無下にもできないようだった。

「――東大にも新聞研究所という機関があるらしい。そこは、受験できないのか？」

「――新聞学とは、そもそも、どういう学問なのか？　記者になるための職業訓練みたいなものなのか？　それとも、ジャーナリズム一般に対する歴史研究のようなものか？」

「――コミュニケーション？　なるほど、それなら、『新聞』というものの社会的な機能に着目するということか。だが、そうだとすれば、『社会学』と呼ばれるものと、どこが違うんだ？」

例によって、父は、くどくどと問いつめた。さらには、職場の同僚たちにも教えを請うているようだった。自分自身も、国会図書館や日比谷図書館に出向いて、息子が知らずにいたようなことまで調べてくる。

そうしたやりとりを長々と重ねたあと、父はやっと息子の「主体的」な判断を承認した。無事、志望通りに大学入試に合格したときは、うれしかった。おかげで、有馬章としては、一八歳で、初めて東京の街を離れることができた。大学に通うあいだのさらに数年、父と同居することを想像すると、自分の内面までが彼の価値判断で塗りつぶされてしまいそうで、そのことが恐かった。

京都の学生アパートで、自分ひとりの簡素な生活が始まった。わずかな着替え類を詰めた衣装ケース、勉強机、小さな書棚、教材、やかん、マグカップ、歯ブラシセット、タオルくらいで、テレビもない。電話も要らないと思ったが、母のたっての希望で、これは置くことにした。だが、ものの少ない暮らしに入って、初めて深々と呼吸しながら生きていられる実感が伴った。風呂は、二日に一度の割で銭湯に通った。京都の市街地では、ほとんど各町内ごとに銭湯があって、それを順々にめぐっていくのが、楽しかった。風呂に行かない日は、水道の水にタオルを浸し、堅く絞って、体を拭いていた。

「きちんと、毎日、金銭出納帳をつけるんだぞ——」

と、父は念押しした上で、息子を京都での下宿生活に送り出していた。

その習慣は守った。毎日の昼食代や銭湯代までつけても、大学ノートで毎月一〇ページにも満たない。それでも、月が替わるごとに、前月の出納を書き込んだページをはさみで切り取り、実家に郵便で送った。そのことに、息子からの無事の便りの役割を兼ねさせた。

大学三年から、「新聞学演習」というゼミナールが始まった。指導教授が最初に出した課題は、五、六人ずつ、ゼミの学生が三つの班に分かれ、それぞれの班が主題を決めた上で、京都市内をフィールドワークに歩く、というものだった。そして、これの成果をもとに、三カ月後、各班が研究発表を行なうように、と指示された。

有馬章が加わる六人組のグループでは、「京都・岩倉地区における精神病者の開放治療の伝統について」というテーマで、ゼミ発表したのを覚えている。たまたま、このグループの学生たちのうち四人が、地元・京都の生まれで、しかも、そのなかの一人は岩倉育ちで大学にも生家から通っていた。そうしたことから浮上してきたテーマだった。

　指導教授の井上先生も、京都の人である。あのころ五〇代のなかばだったろう。堅肥りの体軀に、いつもハンチングの帽子をかぶっている。たしか、先生が、

「岡本君、きみの家は、岩倉で農家やっとったて言うてたやろ？　あそこらあたりは、この国の社会で、いちばん古うから、精神病者の開放治療の伝統が続いてきた土地やないかて言われている。せっかくやから、記録として残せることは、事実は事実として、取っておけたらええなと思うんや。家の人たちから、何か聞いておらんか？」

　と言いだしたことが、始まりだったろう。

　岩倉という土地は、それまでに二、三度、歩いたことがあった。

　有馬章の六畳一間の学生アパートは、上京区・出町の商店街のはずれにあった。条坊制がとられた京の旧市中で言えば、ほぼ、その北東端にあたる。ここから眺めれば、賀茂川と高野川の合流地点をはさんで、北東の方向にいつでも比叡山が望まれた。その山上に、延暦寺がある。平安時代、最澄は、都の鬼門（北東）を守護する立地として、ここを天台宗開宗の地に選んだのだとも言われる。そうした由来に相応している眺めなのだった。

　岩倉には、この出町から加茂大橋を渡り、対岸の出町柳駅から、叡山電車かバスに二〇分内外、北に向かって乗っていく。戦後、京都市左京区に編入されたが、もとは京都府愛宕(おたぎ)郡岩倉村と呼ばれた、山あいの小盆地をなす土地である。その地を歩くと、比叡山は、京都の街なかから眺め

るときとまったく違って、東南東の方角に見えている。つまり、洛中から七キロほど離れただけの土地なのだが、そことは隔絶した、遠い山里の景観をなしていることに驚かされた。

　岡本君の家も、こうした岩倉散歩のおりに、訪ねたことがあった。バスの終点となる岩倉実相院のすぐ近くで、敷地の脇を水量の少ない岩倉川が流れていた。岡本君が両親と暮らしているのは近代的な造りの家だったが、同じ敷地のなかに、紅殻(べんがら)で軒などが塗られた、古くからの農家らしい木造の大きな二階家が残っていた。こちらの建物は、近くの大学の学生や、田舎暮らしを好む外国人らに、部屋ごとに賃貸ししているとのことだった。

　まだゼミナールが始まる前の時期、たしか二年生の冬のことだったろう。大学近くの安酒場でのコンパの最中、ガラス窓の外に、雪が急に強く舞いだしたことがあった。岡本君は、度の強い黒ぶちメガネを指で押し上げ、

「おれ、岩倉やし、いまのうちに、もうバスで帰るわ。雪が積もりだしたら、タクシーも行ってくれんようになるさかい」

と断わって、ダウンジャケットのチャックを首元まで閉じて、帰って行った。京都のタクシーは、ふだん、スノータイヤやチェーンなど、降雪用の装備はあまり備えていなかった。だから、急な積雪があると、岩倉や八瀬、貴船など、洛北の山地にかかる方面には、乗車が拒まれてしまうらしい。妙な話のように思ったが、いざというときの降雪量の差に、旧来の洛中と洛外の土地感覚の違いが、おおよそ対応していたのかもしれない。

　岡本君の家の近くに、大雲寺の「閼伽井(あかい)」と呼ばれる井戸が、瓦屋根を掛けられて、残ってい

たのを覚えている。

井戸には、伝承があった。平安時代、後三条天皇の三女にあたる佳子内親王が物狂いを発したおり、大雲寺の観世音に参籠しながら、この「霊泉」の水を服用していたところ、病が快癒した、というのだった。

ゼミの指導教授の井上先生が言うには、平安時代とされる寺伝はともかく、ずっと下って江戸時代となると、大雲寺を中心に、岩倉の地で精神病者の開放療養がさかんに行なわれていたのは確かなのだ、ということだった。大雲寺の周囲にある「茶屋」と呼ばれる宿泊施設や農家に滞在し、この「霊水」を飲みながらの療養生活が続いた。寺への参籠のかたちを取っての療養だから、病人たちは、施設内にとどめ置かれることなく、近辺を出歩いていた。こうした開放療養のありかたは、近代に入ってからも、かつての茶屋が「養生所」「保養所」などと名を替え、明治、大正、戦前期の昭和へと続いた。地元・岩倉の人びとにとっても、宿泊施設の運営のほか、病人の介添人として世話にあたることなどが、主産業である農業に加えて、何がしかの現金収入をもたらした。

明治に入ると、近代的な医療施設としての精神病院も、この地に開設される。そこでも、患者が施設外に散歩や運動に出ていく開放治療が続いた。地元住民が、こうした運営を受け入れていたのは、「茶屋」時代以来の患者たちとの共存への「馴れ」、いわば、そういう伝統があったからではないか。

「いまは、こんだけ宅地開発が進むと、岩倉の新しい住民には、ここに昔から精神病院があったことさえ知らん人かて、おるんやないか。けど、京都育ちの人やったら、やっぱり、ごく最近まで、岩倉いうたら『精神病院』のイメージはあったと思う。君らの世代でも、そうなんとちゃう？」

井上先生は言った。

青木君という右京区育ちの学生が「はい」と答えた。「小学生の時分、『そんなアホなことやっとったら、岩倉から緑のクルマが迎えに来るで』と、よう言うてました。精神病院の救急車は緑色をしとるんやと」

一方、野沢さんという下京区育ちの女子学生は、「そう？　わたしらの小学校では『黄色の救急車』て言うてたと思うわ」と言っていた。

それらに対して、井上先生は、重ねて尋ねた。

「君らのなかで、小・中学生の時分に、岩倉、実際に行ったことがあった者はおるか？　岡本君のほかに」

手を挙げたのは、一人くらいだったか。親戚がいた、とか、そういう理由だった。

「そのころやと、親戚でもおらんことには用事がなかったもんな、岩倉て」青木君がそのようなことを言った。「京都の街のほうからすると、岩倉て、ものすごう遠いとこ、ていうイメージがあった。こんな、すぐに行けるとことは、大学に入るまで知らんかった」

岩倉でのフィールドワークは、地元育ちの岡本君がおのずと中心となって、地域の老人や、彼の親類たちにも、古い記憶を尋ねてまわった。遅い時刻までそれが続いて、何人かが、そのまま彼の家に泊めてもらったことも、幾度かあった。

「こないなこと、いまごろになって訊かれたら、迷惑に思わはる人もいはるんとちゃうやろか」

岡本君のお母さんは、心配を口にしながら、夜食のラーメンやおむすびをせっせと作ってくれた。

「いまの時代に、そんなもん、どうもないわ。かえって、年寄りやらかて、若い者らと昔話できたりしたら、喜んだはるやろ」

勤め先の自動車販売店から帰って、風呂上がりに岡本君の兄貴は言った。

「まあ、そないなとこもあるかもしれん。きちんと、世話になった人にはお礼を言うて、帰ってくるこっちゃな」

昭和初年代に、この土地で生まれた岡本君のお父さんは、そう言って、自身の記憶に残っていることも話してくれた。

「――うちでもな、そないな人を預かってたことはある。たいがいは穏やかな人やったが、たまに逃げだしてしまうことがあった。そないなると、うちのじいさん、ばあさんが、子どものおれも連れて捜しにいく。山の上り口あたりで、しゃがみ込んでるとこを見つけて、さあ帰ろ、て言うて、連れて帰ったのを覚えてる」

明治維新による東京遷都のあと、宮家や公家の多くが、京都から東京へ移っていった。だが、それからも、華族、貴顕の身内に精神病者などが生じたさいに、岩倉の民間に託す習慣は残ったらしい。

また、岩倉という土地が、古くから「里子預かり」のさかんな村として知られていたこともわかってきた。宮家などにかぎらず、平民の健康な子らも預かった。なんらかの事情で実親から預かった子どもを一定期間、里子として育てて、やがて親元に返す。あるいは、他家への養子縁組の仲立ちもつとめた。京都や滋賀は、もともと里子、養子の多い土地柄だった。岩倉という近郊の集落が、こうした伝統に重要な役割を担ってきたということだろう。

岩倉の民間での精神病者らの「保養所」は、戦後の一九五〇年、精神衛生法が施行され、医療施設以外での「患者預かり」が禁止されるまで続いた。これ以後、行政当局は、病院に患者たちを引き渡すようにと、「保養所」に対して、繰り返し求めた。だが、家族がそれを拒むなどして、これ以後も行き場のない患者は残った。

「高度経済成長の時代になっても、歳のいった患者さんで、もとの『保養所』に残っとる人らがおった」

と、岡本君のお父さんは回想した。

「――もう、そんだけ長いこと一緒におったら、『保養所』やっとった家の人らにとっても、自分とこの家族みたいなもんやから。そうやな、第一次オイルショックのころまで、そないな人らを見かけとったんとちゃうやろか」

第一次オイルショックの年は、一九七三年、つまり、有馬章たちが八歳になる年である。自分が小学生の時代にも、ここの集落の人びとに、その伝統が生きていたのだということに、彼は急に胸を打たれた。

一方、そのころになると、岩倉の地にも、京都近郊として大規模な宅地開発が押し寄せている。それにつれて、地域の人の心のありかたも変わっていく。

有馬章たちが、聞き取り調査を行なう数年前、地元の精神病院が患者たちの共同作業所の新設を計画し、建設予定地周辺の住民たちから激しい反対運動が起こった。以来、長い話し合いを経て、ようやく、病院と地域住民とのあいだで、両者の共存に向けての協定が結ばれつつあるということだった。

このグループ研究の仲間の一人に、綾瀬久美がいた。実家は奈良だが、そのころ彼女は京都・百万遍近くの古い木造アパートで下宿していた。

「宮家や公家から精神病患者が出る話って、たいてい、『皇女』とか『貴顕の子女』って書いてるでしょう？　大雲寺の『閼伽井』の水の由来書で、後三条天皇の皇女の物狂いが治ったって書いてあるのも、そうだし」

フィールドワークの途上で、そういうふうに、彼女が言ったことがある。

「――わたし、あれが、ちょっと引っかかるんだけど。有馬君、気にならない？」

そのときは、とっさに意味がわからず、

「……え？」

と、訊き返した。

「いつも、当事者が女だってこと。精神病なら、男の患者も、同じくらいの割合で出るだろうと思うのに。

なのに、それが『王子』である、とは書かれない。ほら、
岩倉の狂女恋せよ子規
っていう、あの蕪村の句にしても」

同じグループ研究の仲間、野沢知子から教えられた一句も挙げて、彼女は言った。

「――もし王子なら、天皇の世継ぎになる可能性がある。これは、そのことと関係があるんじゃないのかな？

つまり、宮中で男子の病人が現われた場合には、岩倉みたいな、都からすぐ近くの村で、のんびり養生させておくのでは済まなかったんじゃない？　もっと人目に触れにくい奥地に、当人の身柄を隠そうとしたんじゃないのかな」

あ、なるほど――と、思ったことは覚えている。


グループ研究を進めるあいだ、なぜか、おりおりに、若くして死んだ叔母のことが脳裏をかすめた。母の歳の離れた妹で、道子という名の叔母である。美しく、けれど、極端に口数の少ない人だった。

母方の祖父母の家は、東京・大田区の池上本門寺の近くにあった。有馬章が幼いころには、まだ祖父母も健在で、母に連れられ、ときどき出かけていったのを覚えている。世田谷区の祖師ヶ谷大蔵から大田区の池上までは、直線ならせいぜい十数キロという距離だろう。だが、電車の便

は悪く、幾度も乗り換えなければならない。母は、そのたび、白いハンカチをハンドバッグから取り出して、軽く叩くように額を拭いていた。

母は長女で、下にきょうだいが多かった。年長の叔父、叔母から、順に実家を離れていたが、末っ子の道子叔母だけ、祖父母とともに、あの家に残っていた。

池上駅前のくず餅屋などが軒を連ねる広場から、本門寺に向かって歩く。仁王門が見えはじめたあたりで、やや左にそれる。塔頭の並ぶ細い通りを抜け、いまは梅園として公開されている敷地の少し手前あたりだったろう。大谷石の塀がある木造の二階家だった。

道子叔母は、子ども服のデザイナーで、勤め先のメーカーは目黒あたりにあったはずである。母の実家に連れられていくのは、いつも日曜日で、叔母もきまって家にいた。「道子」とか「道子ちゃん」と、母は呼んだ。道子叔母のほうは、母を「玲子姉さん」と呼んでいた。

実家で、母はたいがい茶の間で祖父母と話している。そのあいだ、自分は、叔母の小さな部屋にいた。道子叔母は、……カタカタカタカタ……と軽快な音をたて、足踏みミシンをかける。チャコで青やピンクの目印を布地に入れて、大きな裁ちバサミで、思い切りよく裁っていく。電気スタンドの橙色の光が、手もとを照らす。細い指先が、ミシンの針板の蓋を滑らせる。すると、なかから、銀色のボビンケースが現われる。ボビンには、さまざまな色の光沢あるミシン糸が巻いてある。この部屋で、叔母と過ごしているのが好きだった。

この叔母が倒れた。あれは、小学三年生の冬だったか。知らせがあり、母に連れられ、病院に行くと、もう、彼女は口もきけない。じっと黒目がちな眼で、懐かしそうな、悲しそうな表情で、こちらを見つめているだけだった。

父が三五、母が三〇のとき、この自分は一人っ子として生まれた。だが、生まれたときのことは覚えていない。叔母の没後しばらくすると、自分のほんとうの母親は道子叔母だったのではなかったろうか？　という疑いが、胸の内に生じた。妄想に過ぎないだろうとは、なかば自覚している。だが、誰にも告げずに考えているうち、想像はさらに育って、事実との境界を越えていく。いまに至るまで、この件について、母に確かめてみたことはない。いや、尋ねずに来たのは、自分と叔母との幻想が消えてしまうのを惜しむからだろうか……。

叔母は、若いころ、短い結婚をしたことがあったのではないか。そして、身ごもったまま実家に戻って、やがて生まれた赤ん坊を、子どものなかった、うちの両親が引き取った。あるいは、叔母は結婚しないまま妊娠して、そこに至る事情を伏せたまま、うちの両親が、生まれてきた子どもを引き取ったのかもしれない。

叔母と、うちの両親のあいだには、子どもをめぐる約束があったはずである。だから、母はおれを道子叔母と会わせるために、決まって彼女の勤めが休みの日曜日に、実家に連れていったのではないか。叔母は、やさしかった。だが、彼女が倒れたあと、おれは、その手を握ることさえしなかった。そうやって、道子叔母は死んでいく。

そのように考えれば、父のことも、いくらか理解できる。父と道子叔母とのあいだに、おれという子どもが生まれたわけではないだろう。うちの母は、そんなことには耐えられないだろうから。父と母は話しあい、道子叔母が生むことになる子どもを、引き取ることにした。だから、母にとっては、おれは血縁上では甥である。一方、父とおれのあいだに血縁はない。それでも、父は、このことを受け入れ、おれの父親になることにしたのだろう。そうであったとしたなら、父の態度は立派でもあった。ガマンしたことも多かったに違いない。とはいえ、実の子ではない少年をかわいがろうとしたことから、どうしてもぎこちなさが残ったのではないだろうか……。

綾瀬久美から、奈良の実家で、彼女の祖母が倒れたという話を聞いたのも、たしか、大学三年から四年へ上がる時期だった。この二年間をまたいで、ゼミナールの「新聞学演習」は続いていった。

彼女とは、恋人同士でもなかった。ただ、コンパの帰りがけなどに、なんとなく彼女の部屋に何度か泊めてもらい、性交したことがあるという、それだけのことだった。互いに、相手に対する親しい気持ちがあったのは、確かだろう。だが、それ以上、何をどうやって互いのあいだに育てていけばいいのか、まだ自分にはわかっていなかった。だから、朝になれば、「じゃあね」と言いおき、その部屋を出ていく。それ以外の別れかたを知らなかった。いや、その後の自分も何が変わったのか、確かなことは言えそうにないのだが。

綾瀬久美の奈良の実家で倒れたおばあさんも、道子叔母が倒れたときと似た状態のようだった。病室のベッドで、たくさんのチューブや計器類につながれ、口もきけず、じっとこちらを見ている。それでも、手を握ると、驚くほどの強さで握り返してきた、とのことだった。

だが、周囲の身近な人たちからは、もう、おばあさんは「植物状態」で、手を握ったとき、握り返してくるように感じるのも、単に彼女の体に残った反射にすぎないのだと言われていた。そのころは、まだ、人間の脳をめぐる医学について、知識が不足している時代だった。あと一〇年、いや、あと数年も経てば、おばあさんは話せないけれども、意識はある、と考えられる時代に入っていたのではないか。むごいほどの速度をもって、「科学」の認識は変わっていく。

「……どう思う？」

あのとき、綾瀬久美から、彼女のアパートの部屋で問われて、そのときも道子叔母の姿を思いだした。

「もし、また病院に行くことができるなら、おばあさんの手を握って、話しかけてあげるのがいいんじゃないだろうか」

と、たしか、おれは答えた。

「——おばあさんが、その言葉を理解できているのかどうか、君が知ることは、もう、ないだろう。でも、もし、おばあさんになんらかの意識があるなら、それは伝わっている。大事なのは、君がそのことを感じていることではないだろうか？」

これは、小学生のおれが、大好きな道子叔母に対して、できずに終わったことだった。あのときから自分のなかに続いてきた後悔を、ただ、そのまま綾瀬久美にむかって口にした。

こんな会話を交わしたあと、橙色の豆電球の下で、綾瀬久美と性交した。どれだけの時間、そうしていたのか、わからない。震えとともに、潮のようなものが自分たちの体のなかに満ちてきて、膨らみつづけたあげくに、決壊した。そのとき、彼女のワギナに突き入れていたペニスを通して、稲妻がつらぬくような衝撃が、痺れとともに体のなかを走った。

性交というものを通して、心が互いに流れ込みあうことがあるのだと、このとき、はじめて理解した。だが、そこから先、どのように進めばよいかは、わからないままだった。彼女とのあいだに起こった出来事も、そのまま流れ去るように過ぎていく。

3

綾瀬久美に最後のあいさつとなる電話くらいは入れて、

「もうじき、おれは死ぬよ」

軽い口調で冗談めかして告げておきたいと、有馬章自身としても思わないことはない。

大学を卒業後、一度だけ、彼女に電話したことがある。たしか、大阪支社の文化部にいた一九九九年春のことだから、もう、三〇代なかばに差しかかるころだった。喜多昇一郎というシベリア抑留経験のある画伯を、奈良の天理市南郊・柳本の自宅兼アトリエに訪ねた帰り道のことだったろう。

あの時期、おれは離婚問題を抱えながらの単身赴任生活が長く続いて、気分がくさくさしていた。綾瀬久美のほうも、しばらく前に離婚して、まだ幼い娘とともに奈良市内の実家に戻っているらしいと、人づてに聞いていた。教えてくれたのは、同じゼミにいた野沢知子だった。そのころ、彼女は大手新聞社の京都支局にいて、関西在勤の同業者としてたまたま顔を合わせたおり、軽い噂話のように口にした。彼女は、なぜだか、綾瀬久美の奈良の住まいの電話番号まで、ちゃんと知っていた。

そういう偶然の経緯もあって、仕事で奈良まで出掛けた帰りがけに、夕刻、ふと彼女の家に電話を入れてみたい気持ちに駆られたのだった。大学卒業から一〇年余りを経て、彼女に初めてかける電話だった。

それでも、綾瀬久美のほうは、学生のころとほとんど変わりのない気やすい調子で、

「いまから、うちは夕食だから、ごはん食べにくる？」

と、つい先週も会ったばかりのように誘ってくれた。

さすがに、ここで、のこのこ出向いていくのは調子が良すぎるように思えて、これについては辞退した。だから、卒業以来、もう三〇年間、彼女とは顔を合わせていないままである。ほんとうか？　彼女と知り合ったのは、大学入学直後、まだ一八のときだった。あのころ、彼女は小柄で、髪はショートボブにしていたろう。リスのように敏捷に動く体を持っていた。変わらず健康で過ごしているなら、いまは小肥りのおばさん、といったところだろうか？　孫がいたって、おかしくはない。

電話してみようか……。たとえ連絡先が変わっていても、こちらはブン屋が稼業である。彼女の消息をつかむくらいは、そう難しくないだろう……。

そこまで思いはしたが、やっぱり、やめておく。

彼女の人生に対して、いまごろ、よけいな波風を立てかねないようなことをするのは、よろしくない。そう多くはないとしても、いい思い出だけが残っている。ここは、静かに立ち去っていくのが、順当だ。

人生の終わり近くで、この程度の自制心を保てたことは、喜ばしいと思うべきだろう。

4

もう、これについては、綾瀬久美には告げずにおく。だが、もし、いずれ彼女に会うことがあれば報告しておきたいなと思っていたことが、一つだけあった。

あの一九九九年という年、有馬章は憂鬱な心持ちを抱えて大阪支社での単身赴任勤務を続けていた。だから、せめてもの気晴らしに、非番の週末などには関西圏近郊のあちこちに、一泊二日の小旅行を一人で試みることがよくあった。

滋賀の朽木(くつき)村に出かけたのも、そうした旅の一つだった。奈良の喜多昇一郎画伯のところに出向いたおりに綾瀬久美に電話してから、およそ半年後、一九九九年秋のことだった。いま、こうして書斎の書棚から当時のノートを探し出し、確かめると、「九月二五日」となっている。

その日は土曜日で、京都の出町柳駅前から、朽木行きのバスに乗ったのは、まだ朝七時台のことだった。当時は、大阪・天下茶屋のマンションで暮らしていた。だから、ほとんど夜明けとともに、住まいを出たのではなかったか。

朽木という湖西の山中の村を訪ねていくには、京都市中から、こうして北に向かい、八瀬、大原という山あいの集落を抜け、さらに途中峠を越えて滋賀県下に入る。そこから、花折峠を過ぎていく。この峠を越えたところが安曇川(あどがわ)の源流部で、スギやヒノキの美林を流れに沿って眺めながら、朽木谷と呼ばれる山あいをそのまま北へ向かって進んでいく。当時、バスは、一日二往復。片道四〇キロを一時間二〇分ほどで行く道のりである。京都と日本海側の若狭を結ぶ、いわゆる「鯖の道」と呼ばれる山間経路の一つにあたる道だった。

終点の一つ手前のバス停で降りる。道路ぎわから、森の斜面へと登っていく小道の入口に、「興聖寺」との掲示があった。

寺に立派な構えの門はなく、ただ結界を示すように、簡素な冠木門があるだけだ。門前の木陰に、人の背丈ほどある墓石がいくつも並んでいた。どの墓石も、軍隊での位階が彫られている。「朽木」という名字の人の墓石もある。地元出身の戦没将兵の墓石らしい。

寺の庭に立つと、比良の山々を借景に、朽木谷の河川敷を二手に分かれて流れる安曇川と集落を見下ろし、遠くまで見渡せる。

「ようおこしやす。どちらからですか？」

気づくと、作務衣姿の痩せた老人が、そこに立っていた。住職らしかった。小柄で、皺を刻んだ細面の人である。

「——この庭は、作庭家の名が伝わっておりまへん」

はっきりした口調で、その人は言った。

足利一二代将軍の義晴が都落ちして朽木谷に身を隠したとき、土地の領主・朽木稙綱が、彼を住まわせる屋敷をここに造営した。そのさいに作った庭だという。石組みの一隅にある藪椿の古木をさして、

「以来四七〇年間、このツバキの木は、大きゅうならへんのやそうです。せやから、庭の形を崩しまへん。ツバキの花は、落ちても一〇日ほどは腐らんと、鮮やかな赤さで、美しゅう残ってます。

のちに、作庭家としても知られる小堀遠州が、桂離宮の造営に先立って、お弟子たちを連れて、この庭を見に来たことがあるんやそうです。そのさい、『武家の庭にツバキは使こうてはならぬ。ツバキは首が抜けるでな』と、作事上の作法を教えはったんやそうな」

遠州の言葉のくだりは、それらしい声音を使い、芝居がかって説明した。あとは、すぐに普段の言葉づかいに戻っている。

眼下の川の流れのほうに向きなおり、対岸の比良の山稜あたりを住職は指さした。

「——きのうが中秋の名月どした。毎年、その月は、あそこの山のぎざぎざしたあたりから上がってきます。暮れ時、六時をちょっと回ったころ」

「お寺の前に並んでいる墓石は、このあたりの家から出た戦没者のお墓ですか？」

先ほど気になったことを、有馬章は尋ねた。

「さようです」

住職はうなずいた。

「――文化財調査とかでおいでになる大学の先生らは、よう、『こないなもん、このままにしとくのは、ようないんとちゃうか。のけてしまいなさい』とか、言わはるんです。けど、それもどうかと思て、そのままにしてあります。

たいていのお寺は、戦後、片づけてしもてますな。戦争中やと、戦没者のお墓には、いちばん目につくような場所をあてますやろ。戦後は、それを寺の裏のほう、できるだけ隅っこのほうに移したんです。せやけど、わざわざお墓を掘り起こしてまで、そないなことをするんは、どうなんやろかと」

「住職ご自身は、このお寺での生まれ育ちですか？」

つい、職業意識のようなものが先に立ち、定石通り、有馬章は尋ねている。

「いや、そうやおへん」

住職は首を振る。

「――生家は、京都の天理教の家でした。六つのとき、この寺に預けられたんです。『もともとお前が生まれたんは、ここのお寺なんや』とか、うまいこと、だまされてね。以来、あらかた七〇年、こないして、ここにおりますけれども」

少年期、この人は、寺の跡継ぎと目されるようになった。興聖寺は曹洞宗の禅寺だが、大本山の福井・永平寺での修行に出たことはない。それに代え、旧制中学を卒業すると、宗派の子弟のための大学、東京の駒沢大学に進む。関東には、同じく曹洞宗の大本山、横浜市の總持寺がある。ここで、一、二カ月、研修も受けたという。

戦時下、一九四三年秋に、学徒出陣。満洲の北辺へと送られた。

「いきなり満洲でした。しかも、チチハルより、さらにずっと北。ソ連との国境地帯です。鉄砲、持たされて。敗戦の年、一九四五年八月九日、ソ連軍が国境を越えて入ってきて、その月の二四日まで、ドンパチやりました。せめて、敗戦の玉音放送があった八月一五日で戦闘をやめさせてくれたら、一〇〇〇人も一五〇〇人も、命が助かったに違いないのにね」

作務衣の出立ちと同様、構えず、腰の低い調子で、この人は話している。

投降後、捕虜となってソ連領内に移送され、それから三年間、シベリアで強制労働に従いながら抑留生活を送る。やがて、ナホトカから帰還船に乗せられ、舞鶴に戻った。

「ソ連で抑留生活を送るうちには、こっちも若いだけ、むこうからの影響も受けますさかいに。帰還船が舞鶴港に近づいてきたら、元日本兵でも、赤旗持って『敵前逆上陸や』て、過激なことを言うとった人らもあったんです」

そうやって、この人は、朽木谷に戻ってきた。まだ二〇代なかばである。

「――戦場での殺しあいやら、捕虜としての抑留も体験したし、歴史の証人をつとめたい、と思うてました。そしたら、ちょうど新制中学の教員をやらんかていう話があって、これはよかったんです。国語と社会科。

せやけど、シベリア抑留から帰ってきた者らは『赤』に染まっとる、て言うて、にらまれとったからね。そら、厳しかったです。ＧＨＱのＣＩＥ（民間情報教育局）にも調べを受けました。おかげで、教員としては、最後までヒラのままでした。教頭はんにも、校長にも、なれへんで」

谷あいの村での暮らしである。交番の巡査に至るまで、周囲からの監視の目を絶えず意識しながらの暮らしは、苦しかった。

「――まあ、これで、お寺のことがなかったら、わたしも、あの時分、のちの赤軍派みたいな心持ちになっとったかもしれまへんな」

笑い声にまぎらせることなく、真顔のまま、この人は言った。米軍占領下で「レッド・パージ」（赤狩り）が進む時代に、急進化した共産党所感派が武装路線を取ったりしたことを指しているようだった。

住職は、先に立ち、本堂へと有馬章を導いた。

本尊の釈迦如来坐像の前で、香を焚く。

振り返って続ける。

「こちら、ご本尊の釈迦如来は、定朝様式の寄木造。平安後期と言うてますけど、ひょっとしたら、鎌倉にかかるかもしれまへん。わからんのです。胎内にも、手がかりになるようなもんは、何もない」

庭についてと同様、厳格に条件づける説明のしかたを、この人は取っている。お寺側による説明には珍しく、過剰包装ぎみのことは言わないのである。社会科教員として、おそらく、村内の文化財調査などにも関わった経験によるのではないか。この如来像は、たしか国の重要文化財の指定を受けているはずだが、それについても言及しない。

「お釈迦さんは、座高八〇センチほど。わたしと、おんなじくらいですやろ」と、老住職は言った。「白毫のほか、肉髻にも石が入っとるとこが、ちょっと変わってます」

白毫とは、仏陀の両眉のあいだ、眉間中央に、白く長い毛が生えていたことを表わすのだという。くるくると巻き毛になって眉間に貼りついていた様子を、水晶を嵌めることで表現している。肉髻は、仏陀の頭頂部が、さらに一段盛り上がっている部分である。知恵に秀でていることが、二重の頭部によって象徴されている。この釈迦如来坐像のように、そこにも水晶を嵌めることがある。

堂内右側の長押の上に、四つ切りサイズほどの大きさで、秋篠宮のスナップ写真二枚が、額に入れて掛けてある。どちらも、まだ幼い面影が残る、少年の顔だちである。片方は、この寺の庭に「ご学友」らしき少年たちとともに立っている。もう一枚は、貸し切りバスの窓から、カメラのほうに笑みをもらした写真である。

住職は、この地にまつわる、平安時代中期から後期にかけての話をしてくれた。

――藤原道長は、自身の娘である彰子、妍子、威子、嬉子を次々と入内させ、三代にわたる天皇の外戚となって、その地位を上りつめた。

長女の彰子は、一条天皇の中宮であり、後一条天皇の母となる。また、後一条天皇は、道長三女の威子を中宮とした。つまり、この天皇は、九歳年上の叔母を娶ったことになる。威子は、章子、馨子の両内親王を産んでいる。

しかし、後一条天皇と威子のあいだには、さらに、史書に現われない第三子の王子があったという伝説が、朽木にはある。王子に名はない。そして、真っ白な髪を持っていた。近親婚の障りが出たのだとされている。藤原一門としては、この王子を禁裏にとどめるわけにいかない。一門の人びとともに、王子は都を出て、隠棲地を求めて朽木谷に連れてこられ、ここで暮らして、ここで死ぬ。そのとき、すでに、道長は世になかった。

道長の長男である藤原頼通は、これを哀れんで、その白子の王子の隠棲地に寺を建てた。頼通にとって、その王子は、甥（妹・威子の子息）であり、また、甥の子（姉・彰子の子である後一条天皇の子息）にもあたるのだった。――

ちなみに、当時このことを有馬章はノートに書きつけながら、

「この『白子の王子』とは、いわゆるアルビノをさすものではないだろう」

と、記している。

なぜならば、日本の史書において、アルビノ（先天的にメラニンが欠乏する遺伝子疾患）の個体は、凶兆としてより、むしろ、霊威がある者、ないしは吉兆として扱われていることが多い。

例を挙げれば、古代、第二二代天皇の清寧天皇は、「生まれながらにして白髪」（日本書紀）で、「白髪命（しらがのみこと）」「白髪大倭根子命（しらがのおおやまとねこのみこと）」（古事記）と呼ばれた。父親の雄略天皇の幾人もの王子たちのなかで、彼には、特に不思議で変わったところがあった（日本書紀）と言われる。父・雄略は、そこ

を見込んで、この第三子を皇太子に定めたのである。父王の期待通りに、清寧天皇は、長じてからは人民をいつくしんだ。ただし、在位四年で死没し、皇后なく、子もなかった（古事記）。

諸動物のアルビノは吉兆とされた。孝徳天皇の六年（六五〇年）、長門国司から白雉（しろきぎす）が献上され、これを祥瑞とみなして「白雉（はくち）」と改元している（日本書紀）。

また、聖武天皇は、即位（七二四年）に際して、前年に白い亀が見つかって献上されたことから、これを大瑞とみなし、元号を「神亀」と定めた（続日本紀）。

こうしたことから考えても、後一条天皇の王子が、単にアルビノであることを理由として、都を遠く追われねばならなかったとは思えない。むしろ、ここでは「近親婚」による何らかの障りが出たということを「白子」という特異な外貌で象徴させたととらえるべきだろう……。

当時、有馬章は、およそこのような意味のことをノートに記しているのである。

また、このとき、住職は、こんなことも教えてくれた。

ここ興聖寺から南西方向にさらに五キロほど山中に入った、上流部の谷ぞい、雲洞谷（うとだに）という大字に、洞照寺という寺がある。いま洞照寺は、興聖寺の末寺ということになっているが、この寺に寄木造の阿弥陀如来坐像が伝わってきた。もとは、三尊形式で制作された平安後期のものだろう、とされている。そして、実は、この像こそが、白子の王子の供養にと、藤原頼通がみずから建立した寺に寄進したものだと、伝えられてきたというのだった。いまは、重要文化財に指定され、滋賀県立琵琶湖文化館に寄託されている。坐像本体と同時に彫られた光背も、華麗な飛天などを備えた立派なものらしい。

「宇治の鳳凰堂の阿弥陀さんは、同じ頼通が作らせた定朝様でも、丈六ですやろ。大きいんです。こちらのは等身です」

さらには、その王子の住まいがあったとされる伝承地付近が、近年に発掘調査されたおりの調査報告書も、堂内の隅に置かれたコピー機で複写してくれた。A4判で十数ページ程度の簡単なものだった。特にこれと言って目につくものは出てこなかった、というほどの内容だったと覚えている。探せば、あれもどこかに残っているだろう。だが、もう、いまは、そこまでする体力がない。まあ、それはいいだろう、と有馬章は考える。

発掘調査の話が、住職の口から出たとき、

「それは、県の教育委員会の調査ですか?」

と尋ねた。

「さようです」

と住職は答えた。

「朽木村教育委員会は、そこに参加しなかったんですか?」

と重ねて訊いた。住職は、うふふ、と笑い声を漏らしてから、

「してましたよ」

と答えた。あれは、地元の中学校では社会科の先生をつとめた住職自身が、村の教育委員会側の担当者として発掘に加わっていた、ということだったのではないか。

「秋篠宮に、ご長女の眞子さんがお生まれになったとき、この寺にお礼参りの使者を遣わされました。そのあと、妃殿下の紀子さんの父上、川嶋さんもお参りに見えました」

唐突に、こんなことも住職は言った。

「秋篠宮って、つまり、いまの王子ですよね？」

とっさに、意味を受けとめかねて、どうにか有馬章は問い返した。

「そこなんです」

うなずいて、住職は言葉を継ぐ。

「――秋篠宮が学習院高等科の三年生におられたころでした。ですから、もう一五、六年前になりますな。まだ礼宮（あやのみや）で言うておられた。地理研究会で活動していらして、卒業記念に三泊四日ほどの日程で、同窓の三〇人ばかりと、こちらの近辺を回られたことがあったんです。最終日に、この寺にもおいでになることになってたんですが、荒天で、雨が強かった。近習の人らは中止を勧められたようなんです。それでも、ぜひに、というご本人の希望で、強い雨のなか、ここまでおいでになりました。

そのとき、わたしが、この本堂で殿下一行に、うちの寺のことをひと通りご説明しました。これが済むと、それでは庭のほうへ、ということで、ご学友らと表へ出ていかれました。

わたしは、そのとき、本堂に残って、侍従の方らと話をしていたんです。すると、殿下お一人が、庭のほうから戻ってみえました。それで、

『なぜ、後一条天皇の王子が朽木にこもられることになったか、もっと詳しく聞かせてくださ

い』

　とおっしゃるんです。びっくりしました。

　近親婚が重なって、血が悪かった。それを殿下はおっしゃったんやと思います。これには困りましたね。世が世なら、こんなことは申せません。

　せやけど、侍従の方らも、どうぞご自由にお話しください、ということでしたので、申しました。

　すると聞き終わったあと、殿下はひとこと、

『ぼくは大丈夫でしょうか？』

　と、また、おっしゃるんです。

　たしかに、わたしどもの子どものころかて、大正天皇の脳病にもそないな障りが出たんやないかとか、陰ではこそこそ言うたんです。……戦前、こないなこと大きな声で言うてたら、たちまち手錠をかけられますさかいに」

　住職は、言葉を切って、自身の両手首を胸の前で重ね、手錠がかかる仕草をした。

「――『……ですけれども、戦後は、そうしたことへの配慮もあって、皇太子殿下は、あなたのお母上にあたる美智子妃殿下を民間の正田家から迎えられたわけですから、ご心配には及ぶまいと思います』

　と、わたしからは、そう言うたんです。

『じゃあ、大丈夫なんですね』

殿下は、確かめるようにお答えになって、しばらく、じっと、そこにおいででした。そして、また、お友だちのいる庭のほうに出ていかれました」

当時一八歳の礼宮という少年は、やがて結婚し、秋篠宮という新しい宮号を名乗る。さらにのち、一九九一年秋、二六歳を目前に、長女の眞子内親王が生まれ、それについての「お礼参り」の使者を、朽木谷の奥深く、この寺まで送ってきた。

住職は言った。

「覚えてらっしゃったんでしょう」

「――紀子さんの父上の川嶋さんが、こちらにおいでになったのは、もうちょっとあとのことです。時期からすると、もう二人目のお子さんが、紀子さんのお腹にいらしたんやと思います」

有馬章にとって、こうした一連のエピソードは、偶然、この寺の当時の住職の口から、耳にしたことにすぎない。

だが、そのとき有馬章は、胸を打たれた。「ぼくは大丈夫でしょうか」――一八歳の礼宮という一人の少年の孤独な心の震えが、いまも、そこにあるのを感じたからだった。この王子が、どれだけのあいだ、胸中にその自問を抱いてきたことだろうかと、想像した。

王子と有馬章は、同じ一九六五年の生まれである。だから、彼の心の震えを、よけいに眩しく感じたのかもわからない。長く続いた不安の闇を破って、わが子が無事に生まれてきたことへの喜びも。このとき、有馬自身は長引く離婚協議を持ちこして、三四歳、淀んだ心持ちでいた。それだけに、なおさら心臓の鼓動までもが、じかに聴こえるように感じたのだろう。

あのころ、彼自身は、通信社の大阪支社文化部の勤務である。だから、こうした関西圏での〝こぼれ話〟を、コラムなどの形で報じることはできる立場にあった。だが、これをそのとき記事にしたいとは思わなかった。

皇室がらみの記事というのは、何かと厄介で、さまざまな方面からの「配慮」が細かな文言までをいじくり回して、結局、ごく通俗的で当たりさわりのない「美談」のたぐいにまとめられる(逆に「スキャンダル」とされるときでも、通俗的で平板なのは同じである)。だが、自分が、もし、これについて何か書くとしたら、書きたいのは、そういったことではないのだった。

だから、むしろ、秋篠宮の二人の子女たちが成人し、おのずと時が満ちるまで、一〇年、二〇年、あるいは三〇年かもしれないが、しばらくのあいだ置いておこうと考え、ノートにだけ、これを記したのを覚えている。いつか、もっと自然な形で書けるときが来るだろうと思ったからだった。

――いまになって思い起こすと、あのときの朽木村への小旅行は、偶然を仲立ちに、記者としての自分の内心に、ひとつの転機をもたらすものだった。

そのようにも、有馬章は思いだす。

新人のころから、記者として、自分は「ごく普通の人間」に属することを書きたいと、願ってきた。そこには、父のような人がしばしば陥る、しみったれた「エリート意識」への反発もあった。だが、いざ「ごく普通の人間」とは何かというと、それはそれでとらえがたい。

学生時代のことだった。

新聞学科のゼミのグループ発表を準備するなかで、いつか、綾瀬久美は言っていた。――平安の昔、皇位継承者たりうる「王子」のなかに、もし、そのことに障りのある病者が出たら、岩倉へと療養に出向く「皇女」たちより、ずっと人目につきにくい奥地に隠されたのかもしれない、と。

たしかに、そうだったのだろう。都から七キロばかりの岩倉よりずっと遠く、朽木谷は四〇キロも奥まったところにある。この谷のさらに深いところに隠されて暮らした王子の伝説を聞いて以来、そろそろ二〇年になる。そして、三〇年後は、もう、おれにはないだろう。

だが、この伝説を初めて耳にしたときにも、おれは、まだよくわかっていなかった。それは、誰にもありうる、平凡な事実についてである。

この谷に暮らした「白子の王子」が、どんな人となりだったかは、思い描くことができない。むしろ、確かなこととして想像できるのは、彼のような人物を見殺しにするのではなく、なんとか世間から離れたところで生きのびさせたいと考えるような人びとは、いつの時代にも現実にいただろう、ということだ。そうした人びとに付き添われて、「白子の王子」は朽木谷までやってきた。そしていくばくかのあいだ、ここで暮らして、そこで死ぬ。

「白子の王子」にとって、伯父で、また大叔父でもあった藤原頼通は、栄華をきわめた人ではあったが、この甥（また甥の子）のことを思うと、心が痛んだ。だから、みずから帰依する浄土の信仰をもって、阿弥陀仏を亡き甥に献じた。こうした心の動きも、われわれは、およそは想像することができる。

そういう波紋を人びとの心に残した「白子の王子」は、やはり影法師のように、そこにいる。

有馬章にとっては、自身が病を得ることで、初めてわかったこともある。この世界で生きて経験してきたことは、自分の死をもって、闇のなかに戻るのかもしれない。だが、人が生きて何かを考えてきた痕跡は、こうして、世界に数知れず残っている。小さなともしびとして、それは、命ある者たちを導く。だから、小さなものであっても、それは明るい。

おれが書きたかった「ごく普通の人間」とは、たぶん、そういう心の動きを持つ者たちのことだろう。一八歳の「震える心」を抱いた礼宮も、古代、「白子の王子」を朽木谷に送りとどけた名前さえ伝わっていない従者たちも、一人ひとりが、限りある命を生きる者として、そうだった。

綾瀬久美に、もし再会することがあれば、おれが伝えたかったのは、そういうことだったのだろうと、いまになって思い至る。

5

秋は深まって、暗夜が長く続く。だが、そろそろ、夜も明けてくる。

足を階段で滑らせないよう、手すりにつかまりながら階下へ降りて、トイレに向かう。尿道がひどく痛んで、おそろしくて小便もなかなか出せない。やっと、それを終えると、洗面所でゆっくり手と顔を洗う。鏡に映った自分の顔を見て、瘦せたな、でも、まだ大丈夫だ、と語りかける。三〇歳のころには、五〇代の先輩記者のことなど、ひどい年寄りに見えた。その世代の先輩たちが、ときどき、病を得て死んだ。葬儀に参列しても、死は順番に巡ってくるものと思えて、涙も出なかった。死は、抽象的な真実だった。いまは、痛みや醜態も伴い、生の具体的な道程の一つと、これは見えてくる。

息子の太郎の部屋を、そっと覗く。暗がりのなか、机の上のロフトベッドで、彼は眠っている。右手に握られたままのゲーム機の画面が、ぼんやり光を発している。近ごろ熱中している『妖魔たちの大戦』というゲームらしい。樹上にいる機械仕掛けのカラスたちや、急襲する無人機からの攻撃をかわしながら、暗い森のなかの小道や都会の廃墟を抜けていく。真夜中にも、彼は目が覚め、こういう世界で遊ぶのか？

二階に戻って、寝室を覗く。妻の弓子はダブルベッドの右側のほうに一人で身を寄せ、パジャマ姿の体をくの字に曲げて、眠っている。唇を少し開いて、軽くいびきをかいている。

月曜から金曜は、午後いっぱい、夕刻六時まで、彼女には近所の学童クラブで指導員としての仕事がある。加えて、週二回、午前中に、横浜の妙蓮寺駅近くの実家まで、一人暮らしで不整脈がある母親の面倒を見にいく。おまけに最近では、夫の有馬章の通勤時、家から駅までの行き来がすでにきつく、弓子ができるだけ軽自動車で送り迎えするようになっている。おとといは、緩和ケアの相談に、東京・広尾の病院まで彼に同行した。……これ以上、こんな負担を彼女にかけ続けては、おれの病気は家族たちの暮らしや健康まで食いつぶしてしまうだろう――。

夜明け前の薄明が、カーテンの隙間から、この部屋のなかにも溶け入りはじめている。ベッドの脇にかがみ込み、彼女の寝顔に目を寄せる。

目尻の皺。口もとのたるみ。肌荒れのある首筋。髪に混じるようになった白髪……。一六年前に知りあったときには、まだなかったものが、いま、われわれには確実に加わっている。これに耐えながら、生きてきた。

寝室を出て、ドアを後ろ手にそっと閉める。

書斎に戻ると、ここでも、窓のカーテンの端から、外の明るみが漏れている。カーテンを引き、ガラス窓も開けていく。晩秋の冷気が、部屋に流れ込む。

窓の向こうに、遠く、傾斜地のほうへ道が曲がりくねって上がっていく。頂上あたりは、ゆったりした稜線をなして、横に広がって伸びている。夜明け前の黒い影のまま、林が、そこに続いている。


木立のなかを歩いている。

髪はすべて白く、手の甲なども、見ると、白蠟のように透けてきている。

地面を覆う枯葉を踏み、ナラやケヤキの裸木のあいだを抜ける。そして、急な斜面も上がっていく。足指の爪が割れ、血がにじむ。わらじ履きで、白い帷子(かたびら)をまとっているが、それらも、転ぶたびに裂けていく。

どこもかも、痛くて、たまらない。これが紛れてくれるなら、崖も登るし、木の根もかじろう。ただただ、もの狂おしさにとらわれて、林のなかを駆けていく。

叔母が、実の母親であればいいのに、と夢想してきた。彼女と交合できれば、なおよかった。そうやって生まれてくるのが、おれだろう。おれは、父で、夫で、息子である。彼女も、そこでは、もっと明るい顔で生きていられた。


暗い林のなかには、生きとし生きてきたもの、皆が立ち去らずに暮らしている。樹や草は、芽生えて、枝葉を伸ばし、やがて枯れ、倒れて、崩れていく。鳥や虫は果実をついばみ、糞を落とし、獣に食われ、あるいは死んで腐り、樹木の肥やしとなって、すべてが土をつくる。

霧をはらむ深い谷を右手に、尾根づたいに上りつめると、疎林の広がりに抜ける。土は香ばしく、柔らかで、発酵の温かみを保っている。

木立の陰に、ぽつんぽつんと、木製のベンチがある。無人のベンチが、朽ちて傾く。女の影が腰かけているベンチもある。通り過ぎたが、戻っていき、その隣に腰を下ろした。隣の女の影は、うつむきがちに思案をめぐらすような姿なのだが、まだ林には陽が射さず、表情は見えにくい。あえて確かめようとする必要も感じない。ただ黙って、気ままに座っている。目が慣れてくるにつれて、向こう側にあるベンチにも、そのまた隣のベンチにも、人影があるのが見えてくる。

目をつむったまま、樹々のあいだをわたる風の音を聴く。やがて陽が昇り、枝と枝のあいだを通って射してくる。その温度が皮膚に伝わって、こうして目を閉じていても、陽のうつろいに気づくことはできるだろう。

　秋山の黄葉（もみぢ）を茂み迷（まど）ひぬる妹を求めむ山道（やまぢ）知らずも

弓子。太郎。

会いたいときがあったら、あの暗い林に来てくれ。

おれは、この世界を立ち去りがたくて、まだしばらく、あそこらあたりをほっつき歩いているつもりだ。山神の衣装をまとっておく。行き会ったら、おれが知らん素振りでいても、声をかけてみてほしい。

＊初出一覧

蜜の静かに流れる場所　「新潮」二〇一九年五月号
覚えていること　「新潮」二〇一九年七月号
暗い林を抜けて　「新潮」二〇一九年九月号
夢みる権利　「新潮」二〇一九年十二月号

暗(くら)い林(はやし)を抜(ぬ)けて

著者

黒川(くろかわ) 創(そう)

発行

2020年 2月25日

発行者 佐藤隆信

発行所 株式会社新潮社

〒162-8711 東京都新宿区矢来町71

電話 編集部 03-3266-5411

読者係 03-3266-5111

https://www.shinchosha.co.jp

印刷所

大日本印刷株式会社

製本所

大口製本印刷株式会社

乱丁・落丁本は、ご面倒ですが小社読者係宛お送り下さい。
送料小社負担にてお取替えいたします。
価格はカバーに表示してあります。

ISBN978-4-10-444410-6 C0093